du même auteur

Les divisions de la joie

© 2021 Mickaël Robert
Édition : BoD-Books on Demand,
12-14 rond-point des Champs-Élysées, 75008 Paris
Impression : BoD - Books on Demand, Norderstedt,
Allemagne
ISBN : 9782322270040
Dépot légal : juin 2021

Mickael ROBERT

L'INTERVIEW

PROLOGUE

"Priorité au direct. Nous interrompons vos programmes pour ce flash spécial. L'information vient de nous parvenir à l'instant, le célèbre tueur en série qui se fait lui-même appeler "le nettoyeur" aurait été identifié et arrêté ce matin. Après treize années de recherches et de terreur, nous pouvons enfin mettre un nom et un visage sur celui qui est sûrement l'un des tueurs en série les plus

dangereux de l'histoire de notre pays. Le suspect s'appelle Adam Vidal. Il a, comme on dit communément, le physique de monsieur tout le monde, ce qui lui aurait permis de se noyer dans la masse depuis toutes ces années. Il a pu être interpellé grâce à une jeune femme de 28 ans qui aurait réussi à lui échapper et à prévenir les autorités. Nous n'avons pas plus de détails pour le moment. Je vous rappelle que "le nettoyeur" a revendiqué les meurtres de 24 femmes et de 17 hommes. Nous rejoignons maintenant notre envoyé spécial qui se trouve devant le commissariat de la ville d'Arcours où a été emmené Adam Vidal suspecté d'être "le nettoyeur".

*

David était bloqué devant son poste de télévision, un verre de vin échoué à ses pieds. Celui-ci lui avait échappé lorsqu'il avait entendu la présentatrice du flash annoncer l'arrestation de celui qui se fait appeler "le nettoyeur". Il n'en revenait pas. Après treize ans de recherche, ils l'avaient enfin attrapé. David avait suivi cette affaire depuis le début et s'était passionné pour cette enquête, allant même jusqu'à jouer aux enquêteurs lui-même. Mais en tant que journaliste, il n'avait évidemment pas les mêmes pouvoirs que les inspecteurs chargés de l'affaire.

Cela dit, il avait pu leur venir en aide à deux ou trois moments au cours de ces treize années de traque. Un nombre de papiers incalculables sur cette histoire publiés dans le Relais, le journal pour lequel il travaille, trois livres entièrement consacrés à l'affaire et de nombreuses interventions sur les plateaux télé et stations de radio pour parler encore et toujours du "nettoyeur". David était devenu l'expert de cette affaire pour les médias. Il ne vivait plus que pour cette histoire, lui coûtant probablement son mariage et le coupant de toute vie sociale. Il avait lui-même interrogé les témoins, les proches des victimes, les flics qui acceptaient de lui parler. Il en savait presque autant que les personnes les plus proches de l'enquête.

Alors, lorsque ce flash info est venu interrompre le programme de sa soirée - une bouteille de vin accompagné d'une bonne sélection de vinyles - il le ressentit comme un énorme coup de poing dans l'estomac. Il avait du mal à y croire. C'était fini. Il aurait dû se réjouir et savourer le fait que cette page de sa vie allait pouvoir enfin se tourner, mais quelque chose au fond de lui l'empêchait d'être à la fête. Comme s'il ressentait que, pour lui, ça ne serait en fait que le début d'autre chose. Un nouveau chapitre.

CHAPITRE 1

LE CHOIX IMPOSÉ

- On ne va quand même pas se plier à ses putains de caprices ?

L'inspecteur Levesque de la brigade criminelle avait hurlé cette phrase au visage de son supérieur. Depuis la veille - jour de l'arrestation de Vidal - il n'avait pas dormi et s'était consacré à l'interrogatoire du "nettoyeur" avec son collègue, l'inspecteur Gardin.

Les deux hommes avaient malheureusement fait face à un mur. Silencieux et impassible, Vidal s'était contenté de reconnaître être le fameux tueur en série avant de s'enfermer dans le silence le plus complet. À une exception près.

- Ça ne m'enchante pas plus que vous, mais les ordres que je vous donne sont ceux que j'ai reçus. Ils veulent des résultats, et ils les veulent rapidement. Même si ça signifie de devoir céder à ses demandes.

- C'est des conneries, s'emporta un peu plus Levesque. On vient à peine de commencer l'interrogatoire. Depuis quand utilise-t-on ce genre de méthode aussi rapidement ?

- Ce n'est pas un interrogatoire comme les autres et vous le savez très bien. De toute façon, j'ai déjà fait les demandes nécessaires. Ça se fera avec ou sans votre accord.

- Encore faut-il que le type en question accepte votre demande, répondit Gardin. Et ça, c'est pas gagné.

*

Allongé sur le dos entre une couette en vrac et des piles de vêtements, David avait le visage marqué par la fatigue et le regard vide. Il fixait le plafond depuis des heures, sans penser à rien. Il avait totalement oublié, depuis un moment maintenant, la sensation que procure une bonne nuit de sommeil, et avait essayé à de nombreuses reprises de mettre le doigt sur le point de départ de ses nuits d'insomnies. Le résultat de ses recherches était toujours le même. Le départ de sa femme avait été, sans surprise, l'élément déclencheur de ses nuits sans sommeil. Il ne lui en a jamais voulu d'être partie. Il comprenait ses raisons, et pour être honnête, il avait fini par reconnaître qu'à sa place, il serait parti bien avant qu'elle ne le fasse.

Sophie et lui étaient pourtant un couple fusionnel. Un parfait cliché que les scénaristes de comédies romantiques et de films de Noël se plaisent à écrire. Elle s'amusait souvent à décrire leur histoire comme une publicité pour la Saint Valentin. Tout était parfait, et dans la suite logique de tout bon scénario, ils s'apprêtaient à passer à l'étape suivante. Avoir un enfant. Le couple commençait à songer sérieusement à l'éventualité de fonder une famille lorsque l'élément perturbateur a fait son apparition.

Le jour où David s'était vu confier la couverture de l'enquête sur "le nettoyeur" a marqué pour lui et pour son couple le début d'une plongée en enfer. David pouvait être considéré comme une des nombreuses victimes collatérales de Vidal. On se souvient toujours avec exactitude du nom et de l'histoire des tueurs en série. On se souvient un peu du nom des victimes. Mais on oublie en permanence de penser aux familles et aux proches de ces victimes. Aux parents, aux frères, aux sœurs, aux policiers, aux enquêteurs, aux journalistes qui ont dû évoluer dans cette atmosphère, côtoyer l'inimaginable et les parts les plus sombres de l'être humain. Toutes ces personnes qui n'en sont pas sorties indemnes et qui devront continuer à vivre avec cette violence.

Chaque jour David portait le poids de cette affaire et de ses conséquences sur les épaules. Alors lorsqu'il comprit qu'on avait enfin fini par l'arrêter, il fut surpris de ne pas se sentir submergé par la joie ou n'importe quel autre sentiment de libération. Il n'avait rien ressenti. Pas le moindre accomplissement, ni aucun soulagement. David s'était même étonné à se dire "tout ça pour ça". Toutes ces années à attendre, à s'impliquer, à ne vivre que pour cette histoire et quand enfin, on le trouve, il ne ressent rien. Cette sensation d'inachevé lui collait en permanence au corps. Comme s'il lui restait encore une conclusion à écrire. La sonnerie de son téléphone le sortit brutalement de ses pensées. Avant même d'avoir décroché, il savait qui l'appelait à cette heure-là. Il jeta un œil sur l'écran de son smartphone et le nom affiché sur l'écran lui prouva qu'il avait vu juste.

- J'arrive. Je suis là dans vingt minutes, avait dit David en décrochant.

- Je t'en laisse dix.

Son interlocuteur avait raccroché aussitôt son ultimatum posé. Maintenant, David avait 10 minutes pour se préparer et se rendre au travail.

*

Une douche express lui permit de finir de se réveiller. Il remit ses vêtements de la veille et remplit son mug Thermos d'un café Latte, enfila son sac en bandoulière et son casque sur la tête avant de sortir de son appartement en courant. Il n'était pas spécialement connu pour sa ponctualité, pourtant son patron fermait les yeux sur ses multiples retards tant que la qualité de son travail restait au niveau. Mais ces dernières semaines, David avait enchaîné les absences et n'avait rendu aucun article. L'ultimatum posé par son patron était donc logique et nécessaire.

Editors à fond dans les oreilles, David courut aussi vite que son corps le lui permettait et visiblement, il n'était pas en si mauvaise forme que cela, puisqu'il arriva à son bureau avec seulement deux minutes de retard. Il jeta son sac sur sa chaise et alla directement vers le bureau de son patron en saluant ses collègues sur son passage. Il prit une grande inspiration et frappa à la porte.

- Entrez, dit une voix grave derrière la porte.

David ouvrit la porte en essayant d'avoir l'air le plus désolé possible. Parce qu'il devait bien se l'avouer, il s'en foutait d'être en retard, d'être absent ou même de savoir ce que pouvait bien en penser son patron. La seule chose qu'il voulait éviter, c'était de perdre son boulot. Il en avait besoin pour payer son loyer et remplir son frigo. Le reste lui importait peu.

- Désolé Gabriel, je n'ai pas entendu mon réveil.

- Seulement deux minutes de retard sur l'horaire que je t'ai fixé. J'avoue que je m'attendais à pire. Assieds-toi.

David fut surpris du ton calme et léger de son patron. Gabriel Evra était connu pour son autorité naturelle. Il n'avait pas besoin de hurler ou de menacer pour se faire respecter. Toutefois, il accordait rarement de seconde chance. Il disait souvent que les erreurs doivent être constructives. "Faites une erreur et apprenez d'elle. Mais ne refaites jamais deux fois la même." C'était la phrase qu'il répétait à chaque nouvel employé, et David avait eu droit à de multiples chances. Il s'attendait donc à un autre type d'accueil en entrant dans le bureau de Gabriel ce matin.

- Comment tu vas David ?

- Ça va merci.

- Non pas à moi s'il te plait. J'ose espérer que nous sommes assez proches pour éviter ce genre de réponses à la con. C'est pas le patron qui te pose la question, c'est l'ami.

David hésita quelques secondes avant de répondre.

- Je ne sais pas. Ça fait des mois que je dors peu ou pas du tout. Je pensais pouvoir retrouver une vie normale lorsque toute cette histoire serait finie, mais je ne crois pas que je puisse y arriver un jour.

- On pensait tous que tu arriverais à sortir la tête de l'eau une fois qu'on en aurait fini avec cette affaire. Mais c'est peut-être encore trop frais. Laisse-toi le temps d'encaisser la nouvelle. Je... je te demande pardon.

- Pourquoi ? demanda David surprit.

- C'est moi qui t'ai collé cette affaire dans les pattes. Si je ne te l'avais pas donné, si je n'avais pas insisté pour en faire une priorité pour le journal, tu n'en serais pas là. J'ai fait passer le boulot avant un ami.

- Tu as fait ton boulot. Et j'ai fait le mien, sauf que je n'ai pas réussi à le faire correctement.

- Tu as fait un boulot vraiment formidable sur cette affaire. On a jamais fait d'aussi belles ventes, ni d'aussi bons papiers. Sans compter le fait que tes livres ont cartonné.

- Mais regarde le résultat. Regarde-moi aujourd'hui. Je n'ai pas réussi à rester détaché, je me suis trop impliqué. Et l'annonce de son arrestation n'a rien changé à ça.

- C'est ce que je vois. C'est pour ça que je dois encore une fois m'excuser, mais par avance cette fois.

- C'est-à-dire ? demanda David qui commençait à voir les problèmes arrivés.

- J'ai eu la brigade criminelle au téléphone ce matin. Les inspecteurs Levesque et Gardin s'occupent des interrogatoires de Vidal, mais il refuse de parler. Ils n'avancent à rien.

- D'accord, mais je ne vois pas ce qu'on vient faire là-dedans.

- Vidal leur a dit qu'il ne parlerait qu'à une seule condition.

- Laquelle ? demanda David tout en sachant qu'il n'aimerait pas la réponse.

- Je suis sincèrement désolé David. Je dois te demander de retourner dans la fosse aux lions. Mais cette fois, je suis avec toi si tu décides de dire non.

- Comment ça ? C'est quoi cette putain de condition ? s'impatienta David.

- Il ne parlera qu'à toi. Il refuse de révéler quoi que ce soit si il n'a pas à faire à toi.

David sentit le sol s'évaporer sous ses pieds. Cette histoire l'avait déjà brisé, mais elle continuait de l'emmener plus profondément dans la noirceur de l'esprit humain. Elle irait jusqu'à creuser sa tombe si elle le pouvait.

- Je... Je ne comprends pas. Pourquoi moi ?

- Je n'en sais rien. Les inspecteurs pensent que c'est à cause de tous tes articles, de tes livres, de tes interviews dans les médias. Tu as beaucoup parlé de Vidal, il veut sûrement se retrouver face à celui que les chaînes d'info ont surnommé "l'expert du nettoyeur".

- Quelle connerie. Il se prend pour Ted Bundy, ce con ? Je n'ai pas vraiment le choix, si je comprends bien.

- Bien sûr que si. Je leur ai dit que je t'en parlerai, mais que je ne garantissais pas ta participation.

- Ils ont besoin de ma participation et ils trouveront un moyen de me forcer la main, tu le sais très bien. Sans compter le fait que je n'arriverai pas à me regarder en face si je me défile maintenant.

- Tu as déjà donné énormément de ta personne. Rien ne t'oblige à en faire d'avantage.

- Si je dis non, je devrais vivre avec mon refus sur la conscience. Me dire tous les jours qu'on aurait pu savoir, qu'on aurait pu avoir toute la vérité, mais qu'on restera dans l'ignorance parce que je me suis défilé.

- Ils trouveront un autre moyen de le faire parler. Ils y arriveront autrement. Ça fait partie de leur boulot après tout.

- C'est vrai que des types comme Fourniret n'ont plus de secret pour eux, répondit David en étant le plus ironique possible. Cet enfoiré est parti en emportant avec lui un nombre incalculable de questions qui resteront sans réponse. Je n'ai pas envie que l'histoire de Vidal finisse de la même façon.

- Ok, tu marques un point.

Un silence s'installa dans la pièce et David le brisa le premier.

- Je n'ai pas le choix, mais je veux quand même le faire. C'est d'accord.

CHAPITRE 2

LES CARTES POSTALES

Assis à son bureau, les yeux rivés sur son écran d'ordinateur, David était perdu dans ses pensées. La même question tournait en boucle dans sa tête. Pourquoi ? Pourquoi avait-il fait toutes ses interviews sur les plateaux télé et dans les studios de toutes les grandes radios de France ? Pourquoi avait-il sorti trois livres consacrés à cette histoire, et pourquoi était-il reparti dans un marathon des médias pour en faire la promo ? Pourquoi n'était-il pas resté à sa place ? À faire ses articles pour Le Relais et rester dans l'ombre. La vente des livres lui avait permis de garnir convenablement son compte en banque, et être dans la lumière des médias avait bien évidemment flatté son égo, mais tout cela n'en valait pas la peine. Aujourd'hui, il s'en rendait compte.

- Bonjour. Tenez, votre courrier.

David sursauta en entendant la voix de la personne préposée au courrier. La jeune fille âgée d'une vingtaine d'années traînait son chariot rempli de lettres, de colis et de dossiers dans toute la rédaction en s'arrêtant devant chaque bureau pour faire la distribution. Rien de très stimulant, mais pour elle, c'était un premier pas dans le monde du journalisme.

- Merci Élise. Ça va ? Tout se passe comme tu veux j'espère ?

- Oui, merci Monsieur Sarin.

- Arrête avec tes "monsieur", j'ai l'impression d'avoir 60 ans. Appelle-moi David.

- Comme vous voulez David, répondit Élise avec un grand sourire.

- Et oublie le vouvoiement aussi.

- D'accord.

Élise avait répondu, un immense sourire aux lèvres, en s'éloignant avec la motivation d'une jeune passionnée. David, lui, contempla son tas de courrier et commença son tri habituel. Une pile à conserver et une autre destinée à la poubelle.

- J'ai appris pour "le nettoyeur". Tu vas vraiment y aller ?

David leva les yeux et vit Eric s'installer à son bureau - collé littéralement en face du sien - les yeux fixés sur lui, près à le bombarder de questions.

- Bonjour Eric. Oui, ça va merci, et toi ? répondit David, tout en continuant le tri de son courrier.

- Oh, désolé. Bonjour. Ça va ?

- C'est le pied, t'imagines pas.

- Alors c'est vrai ? Tu vas vraiment y aller ?

- J'ai pas tellement le choix.

- Mais comment ça va se passer ?

- Pour le moment je n'en sais encore rien. Gabriel doit normalement recontacter les inspec…

David laissa sa phrase en suspens et ne lâchait pas des yeux la carte postale qu'il tenait dans sa main. Il l'avait trouvé entre deux lettres destinées à finir à la poubelle.

- David ? Ça va ?

Eric se pencha pour dégager sa vue, qui était bloquée par l'écran de son PC, afin de voir ce que David fixait avec une telle intensité.

- Oh, encore une carte postale ?

- Oui, répondit David toujours immobile.

- Elle vient d'où celle-là ?

David retourna la carte face à son collègue qui constata qu'elle était à l'effigie de la basilique Notre Dame de la Fourvière.

- Lyon, répondit Eric. Elle se rapproche.

David ne répondit rien. Il se contenta de regarder la carte postale vide. Comme toutes celles qu'il avait déjà reçues, elle ne contenait pas un mot, pas un signe ni même un petit dessin.

- Tu sais très bien que j'adore Sophie, mais c'est dégueulasse ce qu'elle fait. Elle a voulu partir, et tu seras d'accord avec moi pour dire qu'on ne peut pas lui en vouloir. Mais jouer à ce jeu-là, c'est malsain. Ça fait combien de cartes que tu reçois maintenant ?

- C'est la huitième.
- Ça fait des mois que ça dure. Elle est partie alors qu'elle te laisse tourner la page maintenant.
- C'est sa façon de me dire que tout va bien. Et de me dire où elle se trouve.
- C'est sa façon de jouer avec toi, oui. Regarde dans l'état que ça te met à chaque fois que tu en reçois une. Au début, c'était uniquement chez toi, et maintenant elle te les envoie au boulot. C'est du harcèlement.
- Abuse pas. J'ai l'air harcelé ?
- T'as l'air paumé.
- Ça c'est le cas.

David rangea la carte dans le tiroir de son bureau. Ce petit jeu avait commencé une semaine après le départ de Sophie. Elle était partie sur un coup de tête après qu'une énième dispute ait éclaté à cause de l'investissement de David sur l'affaire du "nettoyeur". David se souvenait parfaitement de ce jour. Le 19 janvier 2022. C'est ce jour-là qu'il a définitivement sombré. Le jour où sa femme était partie. Mais il lui était impossible de la blâmer pour ça. Le couple ne sortait plus, ne recevait plus personne, ne communiquait plus et n'avait pas fait l'amour depuis plus d'un an. Ils étaient coupés de tout, coupés d'eux-mêmes. David était absent même lorsqu'il était physiquement présent. Au début de l'affaire, il compartimentait suffisamment les choses pour gérer au mieux son couple et son travail sans qu'aucune des deux parties de sa vie n'entre en collision. Mais son obsession pour "le nettoyeur" grandissait inexorablement jusqu'à prendre le pas sur le reste de sa vie. David s'est retrouvé happé par la noirceur de cette affaire.

Ce fameux soir de janvier, ils devaient recevoir des amis pour dîner. Sophie avait attendu ce jour comme un enfant attend le matin de Noël. Ils allaient enfin voir du monde, retrouver un semblant de vie de couple. Mais David lui avait fait faux bond encore une fois. Il était rentré aux alentours d'une heure du matin et ce retard avait été l'erreur de trop pour Sophie. Après une violente dispute, elle était sortie prendre l'air comme elle le faisait presque à chacune de leurs altercations. Sortir pour marcher sans but précis lui permettait de faire le point et de se calmer. Elle finissait par rentrer au bout d'une heure et leurs discussions pouvaient reprendre dans un calme qui laissait place à la recherche d'une solution. Mais pas cette fois. Ce soir-là, Sophie n'était pas rentrée. Deux heures après son départ David avait reçu un sms. Un message qui allait tout faire basculer.

Je ne rentrerais pas ce soir. J'ai besoin de temps pour moi, j'ai besoin de temps pour réfléchir à tout ça. Je te donnerais des nouvelles bientôt. Prends soin de toi. Je t'aime.

David savait qu'il était inutile de répondre à ce message. Ça ne ferait qu'aggraver les choses, et faire profil bas lui semblait être la meilleure option qui s'offrait à lui. Il allait devoir prendre sur lui et être patient. Mais il ne se doutait pas que sa patience allait être mise à rude épreuve. Après une semaine de silence radio, il avait fini par recevoir une première carte vide expédiée de Honfleur. Il avait tout de suite su qu'il s'agissait de Sophie. Honfleur, c'est là qu'avait eu lieu leur première escapade romantique. C'est là qu'ils partaient un week-end par an pour changer d'air et se retrouver loin de leur travail respectif. C'est là qu'il l'avait demandé en mariage. Il savait qu'elle lui faisait un signe à travers cette carte postale. Elle lui disait "je vais bien, je pense à toi". Avec le temps, il avait continué à recevoir différentes cartes de plusieurs villes du pays. Nice, Bordeaux, Montpellier, Toulouse... Un petit tour de France. David avait plusieurs fois essayé de la contacter après la réception des premières cartes. Mais toutes ses tentatives étaient restées vaines. C'était donc une discussion à sens unique. Si on considère cet échange comme une discussion.

- David !

Gabriel était à la porte de son bureau, l'air grave.

- Oui ?

- Dans mon bureau. J'ai du nouveau.

CHAPITRE 3

LE MODE OPÉRATOIRE

- Bon j'ai eu l'inspecteur Gardin au téléphone. Il m'a expliqué comment tout ça allait s'organiser.

- Je t'écoute.

- Ils ont vu avec Vidal.

David ne put s'empêcher de laisser échapper un rire nerveux.

- Qu'est ce qu'il y a de drôle ?

- Ce n'est pas un organisateur de soirée que je sache. C'est un putain de tueur en série.

- Disons qu'actuellement, c'est lui qui dirige le jeu. Il a toutes les cartes en main, et les inspecteurs que dalle. Alors, oui, on va devoir se plier à ses directives.

- Parce qu'en plus, il a un mode opératoire pour ses interrogatoires.

- C'est assez précis oui.

- Ils veulent qu'on commence quand ?

- Demain.

- Demain ? s'exclama David

- Oui je sais, c'est un peu précipité.

- Un peu ? C'est extrêmement rapide oui.

- Ça fait treize ans qu'ils attendent de le choper. Maintenant qu'ils l'ont, ils ne veulent plus perdre de temps.

- Treize ans qu'on attend, on est plus à une journée près.

- À quelques heures même. Ils veulent commencer à neuf heures demain matin.

- Génial. Comment veux-tu que je sois prêt d'ici demain matin ?

- Tu n'auras pas besoin de préparation particulière, au vu de ce qu'ils te demandent.

- Et ils attendent quoi de moi, exactement ? s'inquiéta David

- Que tu laisses Vidal parler.

- C'est tout ?

- Oui, c'est tout. Il a dit qu'il ne parlerait qu'à toi. Alors ils veulent que tu restes assis face à lui et que tu le laisses parler. Le juge d'instruction lui accorde cinq jours pour dire ce qu'il a à dire. Et tu vas passer ces cinq journées en sa compagnie.

 - C'est louche. Qu'est-ce qu'il y gagne Vidal dans tout ça ? Qu'il me parle à moi ou aux inspecteurs, au final, c'est le même résultat. Y'a forcément autre chose derrière tout ça. Il n'a pas réussi à nous échapper pendant treize ans pour qu'à l'arrivée ça soit aussi simple que ça.

 - Je suis d'accord. Il a forcément quelque chose derrière la tête. Mais pour découvrir ce que c'est, tu vas devoir te retrouver face à lui.

*

David passa le reste de sa journée en mode automatique. Il faisait chaque geste machinalement sans en avoir vraiment conscience. La seule chose qui occupait son esprit était sa journée de demain. Devoir se retrouver en tête à tête avec l'homme en partie responsable du désastre dans lequel se trouvait sa vie le mettait dans un état où se mélangeait la colère, la peur et l'excitation. Et cette sensation d'être entraîné de force dans un jeu ou un piège organisé par Vidal lui-même n'aidait en rien. Il avait hésité à refuser cet entretien pour éviter de plonger la tête la première dans ce merdier qui se préparait. Mais la curiosité avait fini par prendre le dessus.

Bien plus forte que sa colère, bien plus puissante que sa peur, sa curiosité dominait les débats. Il savait qu'au final, s'il disait non, il le regretterait toute sa vie. Il voulait savoir ce qui se mijotait et pourquoi Vidal souhaitait lui donner une place de premier choix. Il voulait suivre le dénouement de ce qui avait été sa vie durant toutes ces années. Mais par-dessus tout, il voulait le voir, se retrouver face à lui. Les yeux dans les yeux, se confronter à Vidal. Affronter son démon et peut-être enfin tourner la page.

- Il est dix-neuf heures, dit Eric qui avait sorti David de ses pensées. Tu devrais rentrer.

- Oui. Tu as raison. Je vais rentrer et essayer de dormir un peu.

- Tu veux venir boire un verre avec nous ?

- Nous ?

- Hélène, Martin, Sabrina et moi.

- Merci mais je crois que je vais plutôt essayer de me reposer et me... préparer.

David avait cherché le mot le plus adapté à la situation. La journée de demain n'avait rien d'un examen, d'un entretien d'embauche ou d'une grande épreuve sportive et pourtant il ressentait le même stress et le même besoin de préparation que n'importe quelle personne dans une de ces situations.

- Je comprends, reprit Eric. Si jamais tu changes d'avis, on sera au Voyageur.

- Ok.

*

Un plateau de sushi, une bouteille de vin blanc et l'album "Station to station" de Bowie accompagnaient la soirée de David. Il jeta un coup d'œil à sa montre. Deux heures vingt-sept. Il savait qu'il aurait du mal à trouver le sommeil, alors il n'avait même pas cherché à engager le combat avec le marchand de sable. Les yeux plongés sur les articles consacrés au "nettoyeur", il se préparait comme il le pouvait pour la journée de demain. Il n'arrivait pas à détacher ses yeux de la première photo de Vidal après son arrestation. L'image faisait la une des journaux, les gros titres des chaînes d'infos en continu et tournait en boucle sur les réseaux sociaux. David se souvient parfaitement de la première chose à laquelle il a pensé en voyant enfin le visage de Vidal. "C'est pas possible… Il doit y avoir une erreur… Ca ne peut pas être lui, il est trop… normal". Quand on pense à un tueur en série ou à des personnes ayant commis ce genre d'atrocités, on s'imagine forcément quelqu'un de hideux, de sale ou de mutilés et pourtant Vidal ne ressemblait absolument pas à ça.

Un mètre quatre-vingt-quatre, des cheveux bruns, un regard pénétrant, une apparence très soignée et un charisme qui transpirait à travers la photographie. Il était l'incarnation du beau gosse ténébreux et de l'image que l'on se fait du gendre idéal. Ce qui finalement le rendait encore plus terrifiant que s'il avait eu l'apparence du monstre que tout le monde voulait lui attribuer. S'il se sentait déjà autant déstabilisé par une photo, David doutait de sa capacité à rester impassible lorsqu'il l'aurait en face de lui. Il relut tous les articles qu'il avait écrits sur Vidal et il se replongea dans les ténèbres. Il ressentait le besoin de les revoir pour être certain de maîtriser son sujet. Ce qui le fit presque rire. Ce sujet, il le maîtrisait parfaitement depuis des années. Mais ce soir, il n'avait pas la force de lutter, et si consulter tous ses articles lui permettait de se rassurer, alors autant se plonger dedans. La relecture de ses papiers lui permit de se rendre compte qu'il se souvenait presque en détail de chacune des victimes du "nettoyeur". Benjamin Gritard, trente-huit ans, avocat, marié et père de trois enfants. Il travaillait à Paris mais habitait dans une petite ville à une heure de train. Sa route avait croisé celle de Vidal en 2011 et on l'avait retrouvé dans sa voiture, sur le parking de la gare, la langue coupée et les yeux arrachés.

Charlotte Saviro, vingt-six ans, célibataire, sans enfants. Elle était influenceuse. David se dit qu'il n'arriverait jamais à comprendre comment ce terme pouvait servir à désigner un emploi. Influencer les gens pour gagner sa vie. Autant dire politicien. Et qu'elle manque de respect pour les personnes qui suivent ces "influenceurs". Ça revenait à les considérer comme des moutons prêts à croire et consommer tout ce qu'on leur vend. Mais cette Charlotte Saviro ne méritait pas pour autant d'avoir eu les doigts coupés, le visage lacéré à coup de cutter - que Vidal avait laissé sur place sans aucune empreinte dessus - et le ventre littéralement ouvert. Le plus sordide dans cette histoire c'est que Vidal avait récupéré le téléphone de l'influenceuse pour prendre une photo de son cadavre et poster le cliché sur son compte Instagram. La photo fut retirée quelques minutes après sa publication, mais ce fut largement suffisant pour que ses milliers de followers voient le post et en fassent des captures d'écran. Parce qu'aujourd'hui, pour certains, la réaction face à ce genre d'image, c'est de l'immortaliser.

- Ne pense plus à tout ça pour l'instant, se dit-il.

Il se leva du canapé, rangea le disque de Bowie dans sa pochette et se dirigea vers la salle de bain. Il fit couler de l'eau froide dans le lavabo jusqu'à le remplir à moitié et plongea sa tête dedans. Cette plongée lui donna l'électrochoc qu'il recherchait. Le coup de fouet nécessaire pour reprendre le dessus sur ses doutes et ses pensées. En relevant la tête, il vit son reflet dans le miroir au-dessus du lavabo. Il resta quelque secondes à se regarder droit dans les yeux avant de décider qu'il était prêt. Demain il serait capable d'affronter "le nettoyeur".

CHAPITRE 4

Jour 1

David était arrivé à la maison d'arrêt d'Arcours avec plus d'une heure d'avance. Il avait finalement réussi à dormir presque quarante-cinq minutes, ce qui lui avait paru être un exploit. En attendant l'heure de son rendez-vous, il avait passé son temps à regarder les gens aller et venir autour de l'établissement. La vie grouillait autour de la bâtisse posée en plein milieu de l'une des grandes artères de la ville. Chacun vaquant à son quotidien sans prêter la moindre attention à l'immense bâtisse. Certains se rendaient au travail quand d'autres allaient déposer leurs enfants à l'école. Le facteur faisait sa tournée sur son vélo en croisant le flot incessant de voitures qui encombrait la ville. Tous passaient par là, probablement tous les jours, en oubliant que de simples murs les séparaient de ces hommes enfermés pour des mois, des années, ou pour toujours. Si proche de celui qui les avait sûrement terrorisés pendant ces treize dernières années. Et finalement quelques murs suffisaient pour qu'ils se sentent assez en sécurité pour longer l'établissement sans même y poser leur regard. La sonnerie du téléphone ramena David à la réalité. Il jeta un œil au nom affiché sur l'écran avant de décrocher.

- C'est bon, rassure toi Gabriel, je suis réveillé et je suis même arrivé en avance au rendez-vous.

- Tu ne peux pas m'en vouloir d'en avoir douté. Comment tu te sens ?

- Bien, je crois.

- N'en fais pas trop, surtout. Contente toi du strict minimum.

- Comment ça, n'en fais pas trop ?

- Ne t'investis pas plus que nécessaire. Je sais tout ce que cette histoire t'a coûté. Contente toi de l'écouter et de prendre des notes. Ne transforme pas ça en quelque chose de personnel.

Un silence commença à s'installer et Gabriel le brisa le premier.

- Fais attention à toi.

- Je tâcherai.

*

Serein et déterminé. C'est comme cela que David se sentait actuellement. Il était assis sur les chaises inconfortables de l'accueil et s'étonna d'être aussi sûr de lui à l'approche de l'échéance.

- Monsieur Sarin ?

- Oui, répondit David à l'homme d'une cinquantaine d'années qui s'approchait de lui.

- Bonjour, je suis Patrick Richard. Directeur de la maison d'arrêt.

- Enchanté , répondit David en lui serrant la main.

Le directeur ne paraissait pas aussi amical que le ton de sa voix pouvait le laisser entendre et sa poignée de main était beaucoup plus ferme que nécessaire. Comme s'il avait voulu marquer son autorité à travers celle-ci. Et la froideur de son regard n'aidait en rien à se sentir à l'aise.

- Je vous dirai bien la même chose mais pour être honnête, j'étais contre cette mascarade.

- Comment ça ?

- Cet entretien. C'est de la foutaise. On se laisse encore berner par cet enfoiré.

- Je comprends. Mais vu la situation, je ne crois pas que l'on ait vraiment le choix.

- J'imagine que c'est bon pour vos affaires en tout cas. Vous allez pouvoir écrire un autre livre sur cet... homme, et vous faire encore de l'argent sur le malheur des autres.

- Ok, je vois.

David avait maintenant l'habitude de ce genre de remarque. Il avait fini par apprendre à les ignorer.

- Bon, on va peut-être commencer alors, enchaîna David.

- Suivez-moi, répondit le directeur Richard, l'air toujours aussi hautain.

Ils s'engagèrent dans les couloirs du bâtiments dans un silence qui en disait long sur l'ambiance dans laquelle David allait devoir évoluer. Il espérait au moins que les inspecteurs Gardin et Levesque se montreraient un peu plus chaleureux. Il avait déjà eu l'occasion de les croiser à plusieurs reprises au cours de ces années de traque et leurs échanges n'avaient pas été des plus amicaux. De manière générale, les rapports entre journalistes et inspecteurs sont souvent conflictuels. Les premiers n'hésitant pas à dévoiler aux publics des informations capitales à une enquête, au risque de la saboter, juste pour le plaisir de sortir un scoop; tandis que les seconds, abusant de leur force et de leur autorité au point d'être parfois à la limite de la légalité, fuyaient les journalistes qui pourraient publier des photos compromettantes. Mais aujourd'hui, ils allaient tous devoir apprendre à travailler ensemble. Ils n'obtiendraient des résultats qu'à la condition de se faire confiance. Restait à savoir s'ils étaient prêts à fournir cet effort.

 - Je vous préviens tout de suite, les inspecteurs de la brigade criminelle sont un peu sur les nerfs, reprit le directeur en s'arrêtant devant une porte qui étouffait très mal le bruit d'une discussion houleuse. Ils ont plus ou moins le même avis que moi sur tout ce bordel.

- Génial. J'adore travailler dans un environnement hostile, ironisa David.

Le directeur ouvrit la porte, mettant fin brusquement à la discussion qui animait la pièce.

- Messieurs, je ne vous présente pas David Sarin, déclara-t-il en entrant dans la pièce. J'imagine que vous vous connaissez déjà.

- Effectivement, répondit l'inspecteur Gardin sans prendre la peine de cacher son dédain.

David allait donc devoir jouer le rôle du médiateur et prendre sur lui pour apaiser les conflits s'il voulait que toute cette histoire serve à quelque chose.

- Crevons l'abcès tout de suite histoire de passer à autre chose. Je n'ai pas demandé à être ici. C'est notre ami commun qui a demandé à me voir et je suis là uniquement pour vous aider. Donc soit vous acceptez qu'on travaille ensemble, soit je vous laisse patauger dans votre merde et je retourne à ma petite vie.

David s'étonna lui-même de ce sursaut d'autorité. Ce coup de gueule fut bénéfique puisque la tension sembla retomber rapidement.

- Vous avez raison, reprit Levesque. On va devoir apprendre à travailler ensemble sur ce coup.
- Bonne réponse, ironisa David. Alors, comment procède-t-on ?
- Vous allez droit au but, répondit Levesque.
- Je crois avoir compris que le patron des lieux n'appréciait pas tellement notre présence, dit David en regardant le directeur. Alors plus vite on aura commencé, plus tôt on en aura terminé.
- Je suis entièrement d'accord avec ça, répondit le directeur Richard.
- Alors commençons. Levesque et moi avons passé ces deux derniers jours à interroger notre ami commun, comme vous dites.

- Et si j'ai bien compris, il ne vous a rien dit ?

- Rien jusqu'à hier.

Gardin et Levesque échangèrent un regard dont le sens n'avait pas échappé à David.

- Si vous voulez vraiment qu'on avance, il va falloir me faire confiance et tout me raconter. Je sais déjà qu'il a avoué être "le nettoyeur". Qu'est ce que j'ignore encore ?

- Il veut que vous publiiez une interview.

- Pardon ?

- Je trouve aussi que c'est une idée de merde, répondit Gardin.

- Comment ça, il veut que je publie une interview ?

- Il veut s'entretenir avec vous et que vous mettiez cet entretien par écrit. En gros, faire votre boulot.

- Vous êtes sérieux ? demanda David en essayant de savoir si cette discussion était une blague de mauvais goût.

- Oui, on ne peut plus sérieux. On en a longuement discuté avant de vous appeler. Et votre rédacteur en chef nous a donné son accord.

- Il ne m'en a pas parlé.

- Je suppose que c'est parce qu'il avait peur que vous refusiez, en conclut Gardin. Une fois au pied du mur c'est parfois plus difficile de dire non.

- Admettons que je fasse son interview, il nous donne quoi en échange ?

- C'est là que ça devient encore plus drôle, répondit Levesque. Apparemment, c'est lui qui nous fait une faveur en faisant cette interview.

- Vous vous foutez de moi ? Et vous acceptez réellement ses caprices ?

- Nous, non, mais le juge d'instruction, oui.

- C'est de mieux en mieux tout ça. Cela dit c'est pas la première fois qu'on voit un juge d'instruction prendre des décisisons de merde.

- Il veut des résultats rapidement. Très rapidement même.

- Je vois, s'agaça David. Il veut les lauriers et la gloire.

- C'est un bon résumé, approuva Levesque.

- Juste une question. Comment avez-vous arrêté Vidal au fait ? demanda David. Vous avez laissé filtrer très peu de choses à ce sujet.

- C'est grace à une jeune femme qui a appelé les secours pour signaler qu'elle venait de s'échapper d'une cave où elle avait été retenue pendant quatre jours. Elle a profité de l'absence de son ravisseur pour parvenir à s'enfuir. Les liens qui l'avaient retenue avaient été mal fixés, et elle attendait juste une ouverture pour se tirer. C'est une fille avec une force de caractère incroyable. Le type lui avait confié être "le nettoyeur". Elle nous a donc conduits sur les lieux et on l'a chopé à son arrivée. C'est le moment qu'on attendait depuis des années. L'instant où il ferait une erreur stupide qui le ferait tomber. Ils en font tous à un moment ou à un autre. Par orgueil ou lassitude, je ne sais pas, mais c'est souvent ce qui nous permet de les choper.

- Je vois, vous avez eu de la chance donc.

- La chance fait partie du boulot. Enfin bref, voilà où on en est. Vidal a les cartes en main et ça l'amuse.

- Et c'est là que j'entre en jeu si je comprends bien ? Quelles sont les règles exactement ?

- En fait, on comptait sur vous pour nous le dire. Les interviews c'est votre rayon, donc à partir de maintenant on s'en remet à vous.

- Vraiment ? répondit David avec étonnement.

- Ok. Et on fait ça où ? Le directeur Richard qui se retenait de faire des commentaires prit finalement la parole.

- J'ai réussi à faire bloquer une salle qui sert habituellement pour les interrogatoires et les rencontres entre avocat et client. Mais vous ne l'aurez qu'une heure par jour. J'accepte de me plier aux ordres, mais certainement pas aux détriments de l'organisation générale des lieux.

- Parfait, répondit David.

- Ne perdons pas plus de temps alors, enchaîna Gardin. Allons-y et finissons-en au plus vite.

*

Le petit groupe avançait dans le couloir, les rapprochant de la fin de cette histoire qui avait commencé il y a treize ans. Une histoire qui avait marqué et détruit un nombre incalculable de vies. Et le dénouement allait se jouer dans une simple pièce de 10m2. David savait que le dernier chapitre était celui où tous les retournements de situation étaient possibles.

- Nous sommes arrivés, dit solennellement le directeur Richard en montrant du doigt une porte protégée par deux garde en uniforme. Vidal est déjà à l'intérieur. Il n'attend plus que vous, monsieur Sarin. Vous êtes prêt ?

Maintenant David commençait à sentir la peur s'emparer de lui. Il pensait s'être suffisamment préparé, au vu du peu de temps dont il avait disposé. Mais à cet instant, il s'aperçut que son assurance n'était qu'une illusion. Il allait entrer dans cette pièce d'une seconde à l'autre et faire face à celui qui l'avait hanté durant ces dernières années. Il savait que le David qui ressortirait de tout ça serait différent de celui qui s'apprêtait à y entrer.

- Ça va aller ? demanda Levesque qui s'inquiétait du silence de David.

- Oui, je pense que ça ira, répondit David en reprenant ses esprits.

- Surtout n'oubliez pas qu'on se trouvera dans la pièce juste à côté en cas de besoin, tenta de rassurer Gardin.

- Ok. J'y vais.

CHAPITRE 5

Le face à face

Le directeur Richard ouvrit la porte de la salle d'interrogatoire et fit signe à David d'entrer. Il savait que ses prochains pas l'amèneraient à poser ses yeux sur Vidal. Il lui suffisait d'avancer de quelques mètres et il l'aurait en face de lui. Ce geste anodin lui demanda un effort démesuré, mais après une lutte interne épuisante, il finit par avancer et entra dans la pièce. Vidal était assis derrière une table, les mains et les pieds menottés, et pourtant il gardait une incroyable prestance. C'était le genre de personne qui n'avait qu'à entrer quelque part pour que tout le monde sente sa présence. Il inspirait confiance, et cette idée terrifia encore plus David.

- Enfin je vous rencontre. Le grand David Sarin.

La voix de Vidal traversa le corps de David. Elle le remplit jusque dans ses os et le vida complètement du peu d'assurance qui lui restait. Une voix profonde, grave, posée et extrêmement maîtrisée. Une voix qui imposait le respect et qui rendait le personnage encore plus terrifiant. Il allait devoir se ressaisir rapidement s'il ne voulait pas perdre pied avant même d'avoir commencé la conversation.

- Personnellement, j'avais espéré pouvoir vous rencontrer bien plus tôt, répondit David.
- Vraiment ?
- Oui. Ça voudrait dire qu'on aurait mis la main sur vous bien avant aujourd'hui.
- Malheureusement les choses ne se déroulent pas toujours comme on le souhaite.

David s'installa sur la chaise en face de son interlocuteur et posa son sac sur la table. Il en sortit son carnet de note, son stylo et son dictaphone à cassette.

- Vous travaillez encore avec ce genre de reliques ? demanda Vidal amusé en regardant l'appareil.

- Oui, je trouve ça plus fiable.

Un silence s'installa pendant que les deux hommes se jaugeaient du regard. Vidal fut le premier à reprendre la parole.

- Qu'est ce qu'on attend ? On commence ?

- Je fais simplement ce qu'on m'a demandé, je vous écoute.

- C'est comme ça que vous faites toutes vos interviews ? demanda Vidal amusé. Vous êtes plutôt censé me poser des questions, je crois. C'est comme ça que ça se passe, en temps normal.

- En temps normal peut-être, mais cette situation n'a rien de normal.

C'est la première fois que je fais une interview de quelqu'un comme vous.

- Quelqu'un comme moi ? Dois-je me sentir insulté par cette formulation ?

- C'est à vous de voir.

- Alors j'en jugerai à la fin de notre entretien. Une fois que nous aurons pris le temps de mieux nous connaître.

- Si vous voulez.

David essayait de paraître le plus décontracté possible. Il luttait pour donner le change et se sentait étouffé par la moindre secondes de silence qui pouvait s'installer dans la conversation. Il fallait qu'il dirige le jeu. Il refusait d'être le pantin de Vidal. David l'observa avec la plus grande attention, cherchant le moindre signe à exploiter ou la moindre faille dans laquelle s'engouffrer. Il posa ses yeux sur les mains du "nettoyeur" et fut surpris de s'apercevoir qu'elles étaient dans un état qui contrastait avec le reste de son apparence. Elles étaient marquées, abimées, et le bout de ses doigts montraient des signes de brûlures. Il finit par comprendre pourquoi aucune empreinte digitale n'avait été retrouvée sur les scènes de crime. Vidal se brûlait les doigts pour supprimer ses empreintes. David se ressaisit et prit les commandes de l'entretien.

- Puisque vous souhaitez que je vous pose des questions permettez moi de commencer par celle-ci. Pourquoi m'avoir demander pour faire cette… interview ?

David avait le plus grand mal à considérer cette conversation comme une interview.

- Tant qu'à se faire questionner autant laisser la personne qui vous connait le mieux s'en charger.

- Je serais donc la personne qui vous connait le mieux ?

- En tout cas, vous êtes celui qui a écrit trois livres sur moi. Vous êtes celui qui fait le tour des émissions de radio et des plateaux télé pour parler de moi. Sans compter les nombreux articles que vous avez écrit pour votre journal. Vous êtes surnommé le spécialiste du "nettoyeur" il me semble. Vous avez su profiter de la lumière que je vous offrais malgré moi, alors autant aller jusqu'au bout.

- Vous avez suivi mon travail de près visiblement.

- Malgré ce que vous semblez penser, je ne vivais pas coupé de la société. Je lisais tout ce qu'on disait sur moi. Je regardais et écoutais la plupart des émissions qui m'étaient consacrées. Et vous êtes bien obligé de reconnaître que vous étiez celui qui écrivait et parlait le plus à mon sujet.

- Et ça vous gênait, j'imagine ?

- Pas vraiment. J'aime que l'on parle de mon travail. Je n'ai pas fait tout ça pour que mon œuvre sombre dans l'anonymat.

- Votre œuvre ? s'indigna David. Vous ne pensez quand même pas être un artiste ?

- Je n'ai pas la prétention de me considérer comme tel, mais cela dépend de votre définition d'un artiste.

- Et quelle est la vôtre ?

- Un artiste doit transmettre des émotions. Quelle qu'elle soit. Pas seulement celles qui vous feront du bien. Il peut vous choquer, vous bousculer, vous pousser dans vos retranchements. Il doit faire passer un message à travers son art. Et c'est exactement ce que je faisais.

- Un message ? Vous aviez donc un but précis en commettant toutes ces atrocités ?

- Effectivement.

- Et je peux savoir qu'elle était ce message ?

- Si vous n'avez pas su le voir, c'est que n'avez pas su regarder.

- Bah voyons. Expliquez moi alors.

- On va y venir, ne vous inquiétez pas. Mais pas maintenant.

- Vous voulez une interview mais vous refusez de répondre à mes questions, s'agaça David

- Je ne refuse pas de répondre, je veux m'assurer que vous soyez prêt à entendre certaines réponses. Et pour ça, vous allez devoir comprendre certaines choses. Je vais devoir vous raconter une partie de mon histoire.

David sentait qu'il lui serait difficile de mener la danse. Il était même idiot de sa part de penser qu'il pourrait contrôler quelqu'un comme Vidal. Il allait devoir se laisser porter et voir où tout ça allait le mener. Il saisit son magnétophone et appuya sur la touche enregistrement.

- Très bien alors je vous écoute.

CHAPITRE 6

Aux origines

Interview de Vidal : Enregistrement n°1

Vidal : Je suis sûr que vous pensez que j'ai eu une enfance malheureuse ou torturée. Un père violent et une mère alcoolique par exemple. Désolé de vous décevoir et de faire mentir les statistiques, mais mes parents étaient des gens

*aimants et présents. Pour le dire
simplement, j'ai eu une enfance
heureuse. Ma mère était femme au
foyer et mon père était chauffeur
de bus. On faisait partie de ce qu'on
appelle la classe moyenne basse
mais nous n'avons jamais manqué
de rien. Lorsque mes parents
avaient réussi à économiser
suffisamment, il nous arrivait
même de partir en vacances. Les
raisons de la prise de conscience
qui m'a conduit à faire ce que j'ai
fait sont à chercher ailleurs.*

David : Et où ça ?

*Vidal : La vie, le quotidien, la
société... Appelez ça comme vous
voudrez. C'est le monde
d'aujourd'hui qui a fait de moi*

l'homme que vous avez devant vous, David. C'est aussi simple que ça.

David : Un peu trop, peut-être. Nous vivons tous dans le même monde mais nous ne devenons pas des tueurs en série pour autant.

Vidal : Alors, disons que je suis plus sensible.

David : Comme c'est touchant. Si j'ai bien compris ce que vous dites, vous êtes en quelque sorte une victime de la société ?

Vidal : Non. Pas une victime, bien au contraire. Elle m'a ouvert les yeux. Voyez tout ça plutôt comme une révélation.

David : De mieux en mieux.

Vidal : Vous ne me prenez pas au sérieux David. J'ai l'impression que vous prenez tout ça à la légère.

David : Vous vous attendiez à quoi ? Que j'arrive avec une liste de questions et que je vous écoute avec fascination ?

Vidal : J'ai pourtant eu l'impression de beaucoup vous fasciner au cours de ces dernières années.

David : Ne vous lancez pas trop de fleurs. Je me doute bien que tout ça à dû flatter votre égo.

Vidal : Mon égo n'a rien à voir avec ça. Si j'avais fait tout ça par narcissisme, je vous aurais laissé m'arrêter bien plus tôt, et j'aurai profité de voir mon visage étalé à la une de tous les journaux. C'est mon œuvre qui importe le plus. Le message est bien plus important que le messager.

David : Malheureusement pour vous, je crois que personne n'a dû recevoir votre message. Et tant mieux d'ailleurs. Un cinglé comme vous, c'est déjà bien suffisant.

Vidal : Un cinglé ? Vous me décevez, David. Tomber dans les clichés avec une telle facilité, ça n'est pas l'image que j'avais de vous.

David : Certains clichés sont des vérités.

Vidal : Je vois. Alors à vos yeux, je ne suis qu'un cinglé ? Sans aucun autre degré d'analyse ?

David : En ce qui vous concerne, l'analyse sera effectivement très rapide. Pour avoir commis autant d'atrocité, vous êtes effectivement un malade. Aucune personne normale n'irait tuer avec un tel plaisir.

Vidal : [rires]

David : Est-ce que je peux savoir ce qui vous amuse autant ?

Vidal : Dans votre monde, il est tout à fait normal de se réunir en famille ou entre amis pour aller massacrer des animaux à coup de fusils en y prenant un immense plaisir non dissimulé. Et tout ça est bien sûr parfaitement légal, voire même encouragé. Mais selon vous, c'est moi le malade. Alors excusez-moi, mais je trouve votre remarque très drôle.

David : Là c'est vous qui me décevez Vidal. La comparaison est un peu naïve.

Vidal : Pas vraiment, non. Je la trouve même parfaitement logique.

David : Vous ne pouvez quand même pas nier que ces personnes jouent un rôle important dans la régulation des espèces animales. Ils font ça dans un but précis et le plaisir qu'ils peuvent y prendre n'a pas à entrer en ligne de compte.

Vidal : Nous y voilà. La fameuse régulation. Je peux savoir au nom de quoi vous décidez quelle espèce doit être régulée ou non ? Au nom de quoi vous décidez que c'est notre rôle de réguler une espèce alors que nous sommes la pire de toutes ? Vous vous prenez pour des dieux en voulant contrôler la nature mais vous êtes incapable de la respecter. Regardez les choses en face, David. Notre espèce fait venir au monde et élève des êtres vivants dans le seul but de les entasser dans des cages, avant de les emmener se faire abattre afin de les consommer. Alors ayez au moins l'honnêteté de reconnaître que ce monde est tout aussi cinglé que moi. Nous sommes tous des assassins, ou au minimum leur complice.

David : Il y a quand même une différence entre tuer un être humain et tuer un animal.

Vidal : Et en quoi est-ce si différent ? En quoi ôter la vie d'un animal est plus tolérable que de mettre fin à celle d'un être humain ?

David : Je ne sais pas, c'est comme ça. Ça me semble tout à fait logique. Tuer un homme ou une femme n'est pas acceptable, et aucune comparaison n'est utile ou nécessaire.

Vidal : D'accord, c'est simplement de la prétention alors. Nous les hommes, sommes supérieurs à toutes les autres espèces vivant sur cette planète, dont nous avons au passage librement revendiquer *être les propriétaires . Alors on peut tuer autant d'animaux qu'on le souhaite, mais si on s'en prend à des êtres humains qui ne méritent aucun respect, là, on devient monstrueux. Se payer un safari pour aller buter une espèce protégée ou pas et poser fièrement devant son cadavre pour une photo souvenir, c'est autorisé, et vous restez malgré tout une personne considérée comme normale. Mais si vous supprimez un être humain, espèce détestable, alors ça fera de vous un cinglé. Soyez un peu honnête et arrêtez avec vos discours moralisateur alors qu'aucun de vous ne vaut véritablement mieux que moi. Et* puisque le problème de la régulation semble grandement vous préoccuper, vous ne vous êtes jamais dit que c'était exactement ce que je faisais.

David : Quoi ? Vous prétendez essayer de réguler l'espèce humaine ?

Vidal : Non, je prétends la nettoyer. Enlever toutes les tâches qui salissent son histoire. Tous les parasites qui nuisent à ce monde.

David : Sauf que les personnes que vous avez tuées étaient innocentes. De simples citoyens sans histoire.

Vidal : Question de point de vue.

David : Très bien alors prenons votre première victime. En juin 2009. Julie Seyrès, 28 ans, célibataire, retrouvée nue dans sa voiture, assise sur le siège conducteur. Je lis sur le rapport détaillé que vous lui avez explosé le crâne à coup de démonte pneu. Le clou du spectacle étant le levier de vitesse arraché et enfoncé dans le fond de sa gorge. Et bien évidemment, votre désormais célèbre signature, la carte de visite posée sur le pare-brise du véhicule au nom du "nettoyeur". Ce qui montre bien que ce premier meurtre n'avait rien d'une pulsion, que vous l'aviez parfaitement prémédité et que vous aviez l'intention de recommencer. Je note au passage que vous aviez déjà un goût prononcé pour la mise en scène. Alors maintenant, expliquez moi en quoi cette jeune fille méritait de mourir et pourquoi dans de telles conditions ?

Vidal : J'ai perdu mes parents le vendredi 12 décembre 2008. Un accident de voiture. Nous étions partis faire les courses de Noël. Le coffre était rempli de cadeaux. Sur le retour, une voiture qui roulait du mauvais côté de la route est venue nous percuter. Je pense que le véhicule a dû nous toucher à plus quatre-vingt dix kilomètres heure. Mon père est mort sur le coup, mais ma mère a souffert pendant deux semaines à l'hôpital avant d'abandonner le combat. Moi j'ai eu beaucoup de chance. Je m'en suis sorti avec une cheville cassée et un énorme mal de crâne. J'avais trente-deux ans à l'époque, et je peux vous assurer que peu importe l'âge que vous avez, lorsque vos parents sont entre la vie et la mort, vous redevenez un petit enfant apeuré qui se sent perdu. La personne responsable de l'accident s'en est sortie indemne. La vie a parfois un sens de l'ironie qui m'échappera toujours. Mais le plus difficile à avaler dans cette histoire, c'est qu'aucune condamnation n'a été retenue contre elle. Son père étant député, il a facilement réussi à enterrer l'affaire. Ils ont décidé d'invalider les premières constatations mettant en cause la personne au volant du véhicule. Ma parole n'avait aucun poids dans la balance et mon témoignage fut déclaré irrecevable. Des conneries à propos d'un état de choc qui auraient brouillé mes souvenirs. Aux yeux de tout le monde, sa fille, qui conduisait sous l'emprise de stupéfiant et qui a tué mes parents, est innocente et a même été dressée en victime. Officiellement, ce sont mes parents qui se sont retrouvés du mauvais côté de la route et qui ont causé l'accident.

David : Et j'imagine que cette fille, c'était Julie Seyrès ?

Vidal : Exactement. On raconte souvent qu'il peut ressortir quelque chose de bon de n'importe quelle *tragédie. Et je confirme que c'est le cas. Toute cette histoire m'a ouvert les yeux, et j'ai enfin vu toute l'horreur du monde que nous avons créé. À partir de là, il me restait deux choix possibles. Soit je faisais comme tout le monde et en bon mouton, je rentrais dans le rang en vivant mon quotidien pitoyable, soit je prenais les choses en main et je nettoyais ce monde de tous ses parasites.*

David : Le nettoyeur.

Vidal : Exactement.

David : Aussi triste que soit votre hist...

??? : Vous vous foutez de moi ! Vous deviez m'attendre avant de commencer. Je devais être présente

depuis le début, c'est ce que nous avions convenu.

CHAPITRE 7

Le droit à la défense

La porte de la salle d'interrogatoire s'ouvrit avec violence et laissait apparaître la silhouette d'une femme qui entra dans la pièce d'un pas déterminé. Elle était suivie de près par le directeur Richard et les deux inspecteurs de la brigade criminelle.

- Vous n'êtes pourtant pas des amateurs, vous connaissez les règles et les droits de mon client.

On s'était mis d'accord sur l'organisation de ces entretiens et vous essayer de me court circuiter dès le premier jour.

La femme s'agitait dans tout les sens en laissant exploser sa rage. Sa chevelure rousse accentuait la menace. Elle flottait derrière elle comme les flammes de sa colère et menaçait de brûler quiconque se risquerait à la contredire.

- Et je peux savoir qui vous êtes, demanda David en arrêtant l'enregistrement de son magnétophone.

- Je suis l'avocate de Monsieur Adam Vidal. Maître Amy Amard.

- Enchanté, répondit David en essayant d'apaiser la situation. Je suis Dav…

- Oh je sais parfaitement qui vous êtes, Mr Sarin, coupa Amy. Vous avez suffisamment montré votre tête dans les médias pour ne plus avoir besoin de vous présenter.

David savait que cette remarque n'avait rien d'un compliment et essaya de ne pas en tenir compte. Il enchaîna avant de laisser l'avocate lui lancer une autre attaque au visage.

- Alors maintenant que les présentations sont faites, je peux savoir quel est le problème ?

- Le problème, répondit l'avocate sans rien perdre de sa fougue, c'est que les règles établies n'ont pas été respectées. Il était convenu que j'assiste à tous les entretiens que nous vous avons accordés avec mon client.

- Que vous m'avez accordé, s'agaça David. Vous vous foutez de moi, j'espère. Hier encore, j'étais chez moi à comater sur mon lit, et on m'a collé ces rencontres avec votre client dans les pattes. Je suis là à sa demande, je vous rappelle.

- Calmez vous, Maître, intervient Vidal. Tout s'est bien passé jusque-là, je vous l'assure, et nous venons à peine de commencer.

- C'est une question de principe.

L'avocate se tourna vers le directeur et les deux inspecteurs.

- Vous pensez peut-être que mon emploi du temps est suffisamment vide pour perdre de précieuses minutes à répéter les termes de notre arrangement, mais j'ai d'autres clients à défendre. Donc j'apprécierai assez que vous attendiez mon arrivée avant de commencer, à l'avenir.

- Parce que vous croyez que cette situation nous amuse ? s'offensa Levesque. Je vous rappelle que c'est nous qui accordons une faveur à votre cher client en acceptant toute cette mascarade. Donc soyez gentille de moins la ramener et d'apprendre à arriver à l'heure.

L'avocate prit place à côté de Vidal et paraissait imperméable aux attaques de Levesque.

- Si je puis me permettre vous avez plus besoin de mon client qu'il n'a besoin de vous. Donc si j'étais vous, j'éviterais de le braquer.

- Elle est redoutable, n'est-ce pas, s'amusa Vidal. Vous comprenez pourquoi je lui ai demandé de me représenter.

L'avocate observa avec attention le magnétophone de David posé sur la table.

- J'aurais besoin d'une copie de ce qu'il y a sur cette bande, dit-elle à David sur un ton de défi.

- Aucun problème, répondit David. Je suis là pour aider alors on pourrait peut-être arrêter ce jeu puéril et essayer d'avancer ensemble.

Elle paraissait surprise par cette demande. Elle s'attendait à devoir batailler et objecter à longueur de temps afin de protéger les droits de son client. Mais visiblement les choses allaient être plus simples que prévu.

- Vous avez raison, admit-elle.

Elle montra du doigt le trio qui se trouvait toujours devant la porte.

- Une fois que ces messieurs seront sortis de la pièce, nous pourrons reprendre.

*

La fin de ce premier jour se passa sans surprise. Vidal était revenu en détails sur ses premiers meurtres en essayant de les justifier à sa façon. Au grand étonnement de David, son avocate était restée relativement silencieuse le reste de la conversation, se contentant de prendre des notes. À la fin du temps attribué pour la journée, il avait été convenu que chacune des parties se retrouveraient le lendemain après-midi à quatorze heures précises.

David était sur le parking de la maison d'arrêt depuis dix minutes. Adossé à sa voiture, il attendait la sortie de l'avocate de Vidal. Il fallait mettre les choses à plat avant de continuer de s'enfoncer un peu plus dans l'histoire de cet homme qui avait rassemblé leur route.

Après dix minutes d'attente supplémentaire, il finit par apercevoir la chevelure flamboyante de l'avocate franchir les portes de la maison d'arrêt et se diriger vers sa voiture.

- Maître Amard ! cria David en courant vers elle.

- Monsieur Sarin ? s'étonna Amy en se retournant. Est-ce qu'il y a un problème ?

- Non. Enfin, je viens justement vous voir pour éviter les problèmes.

- Je ne comprends pas.

David regarda autour de lui avant de reprendre.

- Vous ne voulez pas qu'on aille discuter de ça ailleurs ? Dans un endroit plus agréable.

- Oh euh…

L'avocate parut gênée et mit un instant avant de savoir comment répondre le plus poliment possible.

- Je suis mariée, finit-elle par répondre en montant son annulaire.

- Ah je crois qu'il y a méprise, s'amusa David. Je suis également marié, dit-il en montrant lui aussi son alliance. Je vous proposais un rendez-vous professionnel.

- Désolée, répondit-elle, encore plus gênée. J'ai mal interprété votre demande.

- C'est pas grave, ne vous inquiétez pas. Alors vous êtes d'accord ?

- Mais vous voulez discuter de quoi exactement ?

- J'ai bien remarqué votre hostilité tout à l'heure. On est tous dans le même bateau et si on veut obtenir des résultats, il va falloir mettre les choses à plat. Nous allons passer beaucoup de temps ensemble durant les prochains jours, alors autant rendre ça le plus agréable possible.

- J'apprécie vos efforts mais j'ai très peu de temps à vous accorder. On peut éventuellement déjeuner ensemble tout à l'heure, mais je mange en quarante-cinq minutes.

- Vous vivez toujours à ce rythme ou ça vous arrive de vous poser ?

- C'est à prendre ou à laisser.

- D'accord. Va pour le déjeuner.

- Parfait. Vous connaissez L'Entracte ?

- Le pub ? Oui.

- Alors on se retrouve là bas à douze heures trente tapantes, et on pourra avoir votre discussion.

*

David consulta sa montre pour la cinquième fois depuis qu'il était arrivé devant L'Entracte. Douze heures cinquante-quatre. L'avocate avait vingt-quatre minutes de retard, ce qui l'amusa beaucoup, même s'il commençait à redouter qu'elle lui ai finalement posé un lapin. Son angoisse prit fin quelques minutes plus tard lorsqu'elle surgit au coin de la rue.

- Je sais, je suis en retard, avoua-t-elle en arrivant à hauteur de David. Merci de m'épargner vos commentaires.

- Je garderai mon humour ravageur pour moi, s'amusa David. Tant pis pour vous.

- Allons manger, je meurs de faim, conclut-elle en essayant de retenir un sourire.

Ils s'installèrent à une table, et après s'être plongés dans le menu, David commanda un club sandwich et une bière tandis qu'elle se laissa séduire par la salade du chef et un café liégeois avec supplément de chantilly.

- Je voudrais m'excuser pour mon comportement de ce matin, confessa Amy lorsque le serveur eut fini de prendre leur commande.

- Ce n'est rien, ne vous en faites pas. Cette affaire est très compliquée et nous pousse tous à bout. Je comprends parfaitement.

- Si j'insiste. D'habitude, je sais rester professionnelle, mais ces derniers temps, le personnel prend le pas sur le boulot. Et ça ne devrait pas arriver. Je n'ai pas l'habitude de me laisser déborder.

- Problème conjugal ? demanda David avec le plus de tact possible.

- Non, tout va très bien de ce côté là. C'est autre chose.

- Rien de grave ?

- Je ne pense pas. Enfin si, mais je crois que je refuse de l'admettre pour le moment.

Voyant le regard interrogateur de David, l'avocate avait compris qu'elle en avait déjà trop dit pour prétendre ne pas vouloir en parler.

- Un ami qui m'est très cher se bat actuellement contre un cancer, mais la bataille est perdue d'avance. Ce n'est plus qu'une question de semaines.

- Je suis désolé. Sincèrement.

- Merci. Je tâcherais de rester professionnel à partir de maintenant mais si je vous raconte tout ça c'est pour que vous me pardonniez mes éventuelles sautes d'humeur à venir. Je suis à fleur de peau ces derniers temps.

Un silence s'installa subitement, et l'un comme l'autre apprécièrent cette trêve qui se posa sur la conversation, comme pour panser la blessure que la confession d'Amy venait d'ouvrir.

- Et vous alors ? reprit l'avocate.
- Moi, quoi ?
- Je ne sais pas, je viens de vous confier quelque chose de très intime. Vous pourriez en faire autant histoire d'égaliser un peu la partie.
- Et bien en ce qui me concerne, on optera pour le problème conjugal.
- Aïe, je suis désolé. C'est grave ?

David raconta la version courte de l'histoire. Le mariage heureux, l'affaire du "nettoyeur", le départ de

Sophie et le rituel des cartes postales.

- Elle reviendra , en conclut Amy.
- Vous avez l'air bien sûre de vous.
- Elle vous aime encore c'est certain. Sinon, elle ne prendrait pas la peine de vous envoyer ces cartes postales. Elle veut que vous sachiez ce qu'elle fait. Elle a juste besoin de temps. On a tendance à oublier que notre travail, le vôtre comme le mien, peut avoir des répercussions sur nos conjoints. Et une affaire comme celle-là laisse forcément des traces. Laissez lui encore du temps et elle reviendra.
- Merci. J'avais besoin d'entendre ça. Je me console avec le peu de nouvelles que ses parents me

communiquent. Elle leur envoie un message une fois par semaine, pour les rassurer, je pense, et ils ont à chaque fois la gentillesse de me tenir au courant.

- Soyez encore un peu patient et tout rentrera dans l'ordre.

Le serveur arriva juste à temps avec leur commande pour mettre fin à cette séance improvisée de psychanalyse. Amy sauta sur l'occasion pour réorienter la discussion.

- Alors vous allez enfin me dire ce qui vous tenait à coeur au point de m'inviter à déjeuner ?

- Je ne me souviens pas que l'on ait abordé le sujet du règlement de ce repas, mais je m'incline, s'amusa David.

- C'est vous qui avez utilisé le terme de déjeuner professionnel et c'est une règle universelle, celui qui propose paye, répondit triomphalement Amy.

Ils s'amusèrent de la situation et profitèrent pleinement de ce moment de légèreté. Ils savaient que des instants comme celui-ci allaient se faire très rares au cours des prochains jours.

- Je sais que nous sommes dans des camps adverses, reprit David. Nous avons chacun des objectifs qui s'accordent très mal.

- Et quel est mon objectif, d'après vous ?

- Être certaine que les droits d'Adam Vidal soient respectés.

- Et c'est mal ?

- J'avoue que je ne sais pas quoi en penser. Au vu de ses actes, ma première réaction serait de dire d'envoyer ses droits se faire foutre. Mais si je prends le temps d'y réfléchir, je suis perdu. Je crois que j'aurais toujours du mal à comprendre comment on peut défendre avec enthousiasme des types comme Vidal.

- Vous pensez qu'on bafoue le respect des victimes en défendant leurs meurtriers ?

- Pas en les défendant. Le droit à la défense est quelque chose qu'il faut protéger. Mais lorsque certains avocats viennent parader devant les caméras pour chanter les louanges de leurs clients, allant même jusqu'à les faire passer pour des victimes, là, je trouve ça à gerber.

- Et nous sommes bien d'accord.

Cette réponse prit David de court, qui eut du mal à cacher sa surprise.

- Ça a l'air de vous étonner, se réjouit Amy.

- Pour être honnête, j'ai cru que vous alliez mal le prendre.

- Et bien non. Je suis d'accord avec vous, il y a des limites à ne pas dépasser. Mais certains de mes confrères n'ont malheureusement pas le même avis. Si ça peut vous rassurer, nous sommes beaucoup plus nombreux à penser comme vous.

- C'est pas évident à première vue.

- Nous sommes la majorité silencieuse. Aussi peu nombreux qu'ils soient, c'est toujours ceux qui hurlent le plus qui se feront entendre.

- C'est d'une logique implacable. Mais vous, pourquoi avez-vous accepté de prendre la défense de Vidal ?

- C'est précisément le genre d'affaires qui est très difficile à accepter. On peut en sortir grandi professionnellement, mais l'opinion publique risque de nous détruire. Vous même, vous venez de me dire que vous n'arriviez pas à avoir un avis tranché sur la question. Mais pour vous répondre, je pense que j'ai accepté pour le défi que cela représente. J'aime les challenges et je voulais voir si j'étais assez bonne avocate pour gérer ce type de client.

- Et voir si vous êtes meilleure que vos fameux confrères ?

- Je plaide coupable. Quoi qu'il en soit je peux vous promettre que je ne suis pas là pour essayer d'humaniser Vidal, ni pour lui trouver des excuses. Je veux juste m'assurer que ses droits fondamentaux seront respectés. Je serais présente lors de vos entretiens mais si tout se passe bien, je resterai silencieuse.

- Je comprends la démarche. Finalement, tous les avocats ne sont pas uniquement guidés par l'espoir de toucher leurs honoraires, plaisanta David.

- C'est vrai que tous les journalistes travaillent uniquement pour le désir d'informer, rétorqua Amy l'air amusé.

- Bonne réponse, avoua David en rigolant

CHAPITRE 8

Le son du silence

David s'était promis de profiter de la soirée pour se changer les idées. Ne plus penser à son boulot, ne plus penser à Vidal, ne plus penser à rien. Seulement c'était une pratique qu'il ne maîtrisait pas du tout. En général, il se réfugiait dans le boulot pour oublier ses problèmes. Mais quand c'est son travail qu'on essaye de fuir, alors dans quoi pouvait-on plonger son esprit ? Que font les gens pour se vider la tête ? Son premier réflexe fut de se poser devant la télévision. Mais après un quart d'heure de zapping intensif, il abandonna l'idée. Déjà, parce qu'à vingt et une heure quarante-cinq, la plupart des programmes était bien entamé, que les chaînes d'information étaient en boucle sur le sujet qu'il cherchait précisément à éviter, mais aussi parce que David détestait regarder des films diffusés par les chaînes de télévision. Ce qui était régulièrement source de conflits, à l'esprit bon enfant, avec Sophie. Elle, voulant simplement regarder son film et lui, défendant son point de vue en hurlant qu'il était impossible d'apprécier pleinement un film qui se faisait charcuter par des coupures de publicité. Il disait tout le temps qu'être plongé dans une histoire et se retrouver face à une publicité qui voulait nous vendre du jambon était un manque de respect pour l'œuvre qu'il voulait regarder. Et immanquablement il finissait par dire que "puisque ça ne semblait gêner personne de massacrer l'art aux profits de la consommation, les radios pouvaient très bien balancer une page de pub après le premier refrain d'une chanson et reprendre celle-ci au deuxième couplet. Et pourquoi pas mettre des publicités dans les livres. Après tout, à ce rythme là, les éditeurs vont bientôt faire imprimer des publicités entre les pages d'un roman." Non décidément la télévision n'était pas une bonne idée. Il devait se couper du monde un moment. Pas de télévision, ni de radio et encore moins de réseaux sociaux. Il avait besoin de faire le vide.

David se servit un verre de vin blanc et se planta devant sa collection de disques. Ces derniers temps, il évitait d'écouter la moindre chanson qui pouvait lui faire penser à Sophie, mais ce soir-là, il se sentait capable de faire face à ses peurs. La discussion qu'il avait eu dans l'après-midi avec l'avocate de Vidal lui avait redonné l'espoir d'un prochain dénouement en forme de happy end. Alors pour conclure cette journée, il décida de se plonger dans l'écoute de l'un des albums préférés de sa femme.

Il posa le disque sur sa platine et lorsque les premières notes de "The Sound of Silence" résonnèrent dans l'appartement, une sensation d'apaisement et de bonheur saisit David. Il n'en revenait pas de s'apercevoir à quel point une chanson que vous connaissez par cœur pouvait encore vous bouleverser à la deux centième écoute. À quel point des notes de guitares pouvaient vous faire voyager dans le temps et vous replonger dans une époque que vous observez soudainement comme un simple spectateur. Comme si vos souvenirs prenaient forme devant vous. Les voix de

Simon and Garfunkel accompagnèrent la soirée de David, qui s'abandonna dans les bras d'une mélancolie salvatrice. Parce qu'il fallait parfois avoir mal pour se sentir bien.

CHAPITRE 9

Jour 2

Chacun était assis de son côté de la table, comme deux boxeurs attendant dans leur coin le son de la cloche qui sonnerait le début du combat. David avait déjà sorti son bloc, son stylo, ses dossiers, son dictaphone et était prêt à commencer cette deuxième heure de l'interview la plus tordue de sa carrière. En face de lui, Amy était prête à noter tout manquement à la loi et à sauter sur le moindre faux pas qui pourrait être commis entre ces murs, qui seront à jamais marqués par cette histoire. Il ne manquait plus que le principal intéressé.

- Pourquoi c'est si long ? s'interrogea David

- Mon client ne devrait plus tarder, détendez vous, répondit Amy d'un ton solennel.

- C'est une formulation bien sérieuse, s'inquiéta David

- Nous nous sommes mis d'accord pour faire ça le plus cordialement possible, mais entre ces murs et derrière cette table, nous ne sommes pas dans le même camp. Alors j'aime autant formuler cette distanciation.

- Bien reçu.

La porte s'ouvrit enfin et Vidal entra dans la pièce escorté par un garde de la maison d'arrêt et les deux inspecteurs de la brigade criminelle.

- Voilà la star du moment pour l'interview de l'année, déclara l'inspecteur Levesque avec un ton qui dégoulinait de sarcasme.

Le garde fit asseoir Vidal et menotta ses mains à la table et ses pieds aux fixations sur le sol.

- Il est à vous, grommela Levesque en sortant de la pièce avec son coéquipier.

- Et lui ? demanda David en montrant du doigt le garde qui

s'était posté derrière Vidal, dos au mur.

- Moi, je reste ici. Pour des raisons de sécurité, il a été décidé que je serais présent dans la pièce toute la durée de vos entretiens avec le prévenu.

- Comme vous voudrez.

David ne chercha pas à discuter cette décision qui, en y réfléchissant bien, le rassurait un peu.

- Bonjour Maître Amard, dit Vidal en se tournant vers son avocate.

- Bonjour, répondit Amy avec le ton le plus neutre possible. Comment allez vous, aujourd'hui ?

David était subjugué par la capacité qu'avait l'avocate de paraître à la fois attentionnée et totalement détachée. Suffisamment joviale pour donner confiance à son client, mais avec une touche parfaitement dosée de froideur qui laissait paraître le fait qu'elle parlait à quelqu'un qui, dans un contexte différent, lui inspirerait du dégoût.

- Bien merci, répondit Vidal. Comment va notre grand journaliste ? Vous avez l'air plus à l'aise qu'hier.

- Je vais bien, répondit froidement David. Et je propose que l'on commence tout de suite. Je vous rappelle que nous n'avons le droit qu'à une heure d'entretien, alors évitons de perdre une minute de plus en politesses inutiles.

- Vous avez des enfants, David ? Un nouveau-né ou un petit en bas âge ?

- Pardon ? demanda David, sans cacher la surprise que lui provoqua cette question.

- Des enfants. Des gamins. Des mioches. Vous en avez ?

- Non, répondit David toujours troublé par cet échange. Pourquoi cette question ?

- Parce que si vous aviez eu un bébé chez vous, j'aurais pu comprendre l'humeur exécrable que vous arboré aujourd'hui, mais vous ne pouvez même pas vous retrancher derrière l'excuse de la mauvaise nuit dûe à votre rôle de jeune parent.

David resta silencieux, cloué par cette discussion surréaliste. Mais il finit par poser une question qui, sur le moment, lui semblait naturelle.

- Et vous, vous avez des enfants Vidal ?

Au moment où il eut fini de poser sa question David sentit qu'il s'était fait piéger. Il avait voulu prendre le contrôle de la discussion en optant pour une approche autoritaire et directive, mais avec une simple question, Vidal venait de retourner la situation et de reprendre le contrôle du débat.

- Oh non, les enfants, c'est pas pour moi. Et pour parler franchement, je pense qu'il faut être sacrément dérangé et égoïste pour vouloir faire vivre un enfant dans un monde pareil.

Les regards de David et d'Amy se croisèrent et le journaliste comprit tout de suite que l'avocate souhaitait qu'il relève un point de la remarque de Vidal.

- Égoïste ? Comment vouloir un enfant peut être un acte égoïste, quand on sait le changement de vie brutal que cela implique ? À partir du moment où l'on a un enfant, on ne vit plus pour soi, mais pour lui. C'est tout le contraire de l'égoïsme.

- Ça, c'est parce que vous prenez la question à l'envers, affirma Vidal.

- Alors expliquez moi.

- Très bien. Vous voulez des enfants ?

- Oui. Enfin, je crois.

- D'accord. Alors disons que c'est oui. Pourquoi voulez-vous un enfant ?

- Pour fonder une famille. Avoir un fils ou une fille que je verrais grandir et qui me rendra heureux. Partager avec mon enfant tout ce j'ai à lui offrir, lui transmettre des valeurs. Être fier de regarder sa mère et de voir le fruit de notre union. C'est un accomplissement, un aboutissement. Juste être père.

Vidal écoutait attentivement les arguments de David et laissa le silence s'installer, comme pour marquer un peu plus le poids de sa réponse à venir.

- Vous êtes conscient que toutes les raisons que vous venez de me donner ne concernent que vous et vos besoins narcissiques ?

David reçut la réponse de Vidal comme un coup de poing à l'estomac qui lui coupa la parole.

- Ne soyez pas trop dur avec vous-même. Je pourrais poser cette question à la première personne venue et il est fort probable que sa réponse soit plus ou moins la même que la vôtre. Tout le monde veut un enfant pour soi, pour son bien-être ou son équilibre personnel, mais personne ne pense à l'enfant en question. Mettre un enfant au monde de nos jours est un acte égoïste, il faut juste l'accepter. L'espèce humaine n'est pas en voie d'extinction, nous sommes même beaucoup trop nombreux, alors reconnaissons que la procréation à notre époque n'est qu'une pulsion qui à pour but de satisfaire nos bas instincts. Obliger un être humain à supporter l'horreur et les épreuves de ce monde juste pour le plaisir et la satisfaction de se sentir père ou mère, c'est horrible.

Amy et David restèrent silencieux un moment.

- J'espère ne pas vous avoir blessée, Maître, enchaîna Vidal en se tournant vers son avocate. Si vous avez des enfants, je ne...

- Ne vous inquiétez pas pour moi, coupa Amy. Je ne suis là que pour surveiller cet échange, pas pour intervenir.

- Alors commençons, répondit Vidal en saisissant le dictaphone de David pour appuyer sur le bouton enregistrement.

CHAPITRE 10

La peur

Interview de Vidal : Enregistrement n°2

David : J'aimerais savoir comment vous avez vécu durant ces treize années où vous étiez recherché. Vous avez commis des meurtres partout dans le pays, j'imagine donc que vous n'aviez pas d'emploi stable ?

Vidal : Effectivement. Je vivais du strict minimum. Je n'avais pas besoin de grand chose. Juste de quoi me payer à manger et une chambre d'hôtel très souvent miteuse pour passer la nuit. Lorsque j'avais besoin de renflouer mes caisses, je me posais à un endroit pour enchaîner les missions d'intérim, et dès que j'avais pu mettre suffisamment de côté, je repartais. Et en cas de besoin urgent, j'avais toujours la possibilité de voler un peu d'argent sur mes proies ou quelque chose que je pouvais facilement revendre.

David : Vous appelez vos victimes des proies ?

Vidal : Je leur donne le nom qu'elles méritent.

[Silence]

Vidal : Est-ce que vous avez pris la peine de regarder le profil de ces personnes que vous appelez des victimes ?

David : Non, je n'ai pas détaillé la vie et le parcours des 41 personnes que vous avez tuées. Et quand bien même ils seraient encore plus dérangés que vous, ça ne vous donne pas le droit de faire votre propre loi.

Vidal : Ah je vois, je devrais donc faire confiance à la justice. Cette même justice qui, à plusieurs reprises, a démontré son incapacité à protéger les citoyens en remettant en liberté des récidivistes ou des terroristes. Merci, mais je préfère ma façon d'opérer. C'est effectivement plus radical, mais beaucoup plus efficace.

David : Arrêtez-moi si je me trompe mais il me semble qu'aucune de vos victimes n'était un assassin ou un terroriste.

Vidal : C'est encore et toujours une question de point de vue.

David : C'est-à-dire ?

Vidal : Cherchez dans vos dossiers le nom de Sylvain Maillot. Ça date de 2013, si ma mémoire est bonne.

David : Je m'en souviens parfaitement. C'était en région parisienne. Vous l'avez crucifié au mur de l'église qu'il fréquentait, habillé uniquement d'un bas résille, et ses parties génitales avaient été coupées.

Vidal : Que dit son dossier ?

David : Attendez, je cherche.

[Bruits de papier]

David : Je l'ai. Sylvain Maillot, cinquante-six ans, père de sept enfants, pilote de ligne.

Vidal : Et chrétien pratiquant.

David : Et c'est un crime ?

Vidal : Non, chacun est libre de faire partie d'une secte si ça l'amuse.

David : Oh là. La religion chrétienne n'a jamais été une secte. Aucune religion d'ailleurs.

Vidal : Faites croire ça à qui vous voudrez, mais pas à moi, David. Des gens qui se réunissent pour prier et chanter autour d'une idole et tout ça avec des types en tenue de cérémonie qui vivent entre eux mais qui n'oublient pas de vous demander une participation financière après chaque cérémonie. Sans oublier les préceptes de vie à respecter à la lettre qui tournent presque à l'endoctrinement et les gens tués aux noms de n'importe laquelle de vos fameuses religions. Appelez ça comme vous voudrez, mais ça ressemble fortement à une secte.

David : Le fait que ces religions aident certaines personnes, c'est de la foutaise pour vous ? C'est leur refuge.

Vidal : Mais je n'ai aucun problème avec ça. Chacun croit en ce qu'il veut, nous sommes libres. Je demande juste qu'on appelle les choses par leur nom et qu'on arrête d'être de mauvaise foi. Et qu'ils aient la décence de rester à leur place sans chercher à imposer leurs visions. Mais pour être parfaitement honnête avec vous, je suis obligé de reconnaître que, *malgré mon dégoût pour toutes ces histoires de religions, je suis comme tout le monde bien content de profiter de leur folklore en temps voulu.*

David : C'est-à-dire ?

Vidal : Noël, Pâques et tout le reste. Avant de devenir ces périodes de folies commerciales, c'était avant tout des fêtes religieuses. Dans le fond, nous avons moins de légitimité qu'eux à fêter ces évènements. C'est presque du pillage. Alors je serais toujours prompt à fustiger les religions, mais en étant parfaitement conscient de la limite de ma légitimité sur le sujet.

David : Mais je ne vois pas en quoi le fait que Sylvain Maillot était un chrétien soit si important.

Vidal : Uniquement pour accentuer le fait que, parce qu'il était ouvertement croyant, aux yeux de tous c'était obligatoirement un saint. Le pouvoir des étiquettes. Sauf que Monsieur Maillot donnait dans le trafic de prostituées.

David : Quoi ?

Vidal : Évidemment, j'imagine que ce petit détail n'est absolument pas mentionné dans son dossier ?

David : Et qu'est ce qui vous permet de proférer de telles accusations ?

Vidal : Mes rencontres, mes recherches. J'ai eu l'occasion de fréquenter le milieu de la prostitution pour des besoins personnels, si vous voyez ce que je veux dire.

David : Je vois parfaitement.

Vidal : Avec le temps, j'ai tissé des liens avec certaines d'entre elles. Des filles adorables, à la conversation souvent plus intéressante que la plupart des gens. Et au fil de ces conversations, elles ont fini par me raconter leurs histoires. C'est comme ça que j'ai appris que papa Maillot profitait du fait que son job lui permettait de voyager à l'œil pour ramener des filles de l'étranger afin de mettre régulièrement à jour les réseaux Parisiens. Il partait toujours avec la somme nécessaire pour payer les billets d'avion aux filles afin de pouvoir en ramener une ou deux sur les vols qui atterrissaient à Paris. Et à la livraison, il empochait une jolie somme.

David : Vous avez des preuves de ce que vous avancez ? Je ne vous apprends rien en vous disant que votre parole ne pèse pas lourd.

Vidal : Et celle de ces prostituées non plus. Personne ne s'en soucie. A part moi.

David : Vous voulez peut-être qu'on s'organise pour vous remettre la légion d'honneur ?

Vidal : Vous ne croyez pas un mot de ce que je viens de vous raconter, n'est-ce pas ?

David : Très honnêtement, non. Et sans preuve, personne ne vous croira.

Vidal : Ça viendra, ne vous en faites pas pour ça. J'ai toutes les preuves nécessaires.

David : Vous allez prétendre que toutes vos victimes sont coupables de crimes et que vous avez rendu service à la société.

[Silence]

David : Très bien, prenons un autre dossier au hasard.

[Bruits de papier]

David : Hélène Decaux, 42 ans, veuve, vendeuse dans…

Vidal : Elle était alcoolique et frappait son enfant. La pauvre petite fille était tout le temps couverte de bleus sur les bras et dans le dos. Et croyez moi, cette enfant est bien mieux dans le foyer où elle se trouve actuellement. En tout cas, ça ne pourrait pas être pire qu'avec sa mère.

[Bruits de papier]

David : Martin Dellanoy.

Vidal : Oh, je vous en prie, David. Le PDG de la société Brisco. Même vous, vous êtes bien obligé de reconnaître que celui-là l'avait bien

mérité. Certains m'ont même
publiquement remercié de m'en
être occupé.

David : Je sais. Et ça leur a valu des
problèmes.

Vidal : Il avait envoyé ses
employés travailler dans des
locaux insalubres et sur le point de
s'effondrer. Il le savait et n'a rien
fait, parce que les profits étaient
plus importants. Et ça a été prouvé.
Mais comme il avait des amis très
haut placé, il s'en est sorti sans
trop de casse.

[Silence]

David : Vous n'avez rien d'un héros, ni d'un justicier, j'espère que vous le savez.

Vidal : Je n'ai jamais eu la prétention d'en être un. Pour tout vous dire, je déteste l'espèce humaine. Nous sommes prétentieux, destructeurs, et n'ayons pas peur des mots, complètement cons. Alors je n'ai pas fait tout ça pour rendre service ni pour être un héros. Je l'ai fait parce qu'il fallait le faire.

David : Tant mieux. Parce qu'un héros doit inspirer la confiance et non la peur.

Vidal : Vous pensez donc que j'inspire la peur ?

*David : Ça me semble évident.
Vous avez bien dû vous en rendre
compte. Lorsque les gens parlaient
de vous, la peur transperçait leur
regard. Vous étiez l'ennemi public
numéro un, et maintenant que vous
êtes entre ces murs, le monde
respire un peu mieux.*

*Vidal : Si c'est vrai, c'est
extrêmement drôle.*

*David : Vous pouvez m'expliquer
pourquoi ?*

*Vidal : Nous avons aux
commandes des plus grandes
puissances du monde des mégalos
qui peuvent à tout moment décider
de nous faire exploser. Des
dictateurs qui tuent ouvertement
des gens à cause de leur sexualité,*

de leur religion ou juste pour le plaisir. Des tarés qui endoctrinent leurs peuples et les forcent à les aimer comme des dieux. Des présidents qui n'hésitent pas à plonger des gens dans la misère, juste pour le besoin de se sentir plus puissant. Ça, c'est le monde qui nous entoure et il suffit de regarder les infos pour s'en rendre compte. Mais malgré ça, vous êtes en train de me dire que c'est moi qui leur fait le plus peur. Les gens ont perdu le sens des priorités. La plupart de ces dirigeants ont les mains beaucoup plus sales que les miennes, mais ils agissent en toute impunité. Alors vos discours sur la peur, ça me fait doucement rigoler.

David : Vous êtes un monstre Vidal. C'est ça qui fait peur aux gens. C'est pour ça qu'ils vous craignent.

Vidal : Évidemment, c'est beaucoup plus facile pour vous de me considérer comme un monstre. Ça vous aide à dormir la nuit, de penser que quelqu'un comme moi est forcément inhumain. Vous vivez mieux en vous disant qu'un être humain serait incapable de commettre de telles actes. Je suis désolé de vous ouvrir les yeux, David, mais je ne suis pas un monstre. Je suis humain, tout comme vous, et il va falloir l'accepter.

[Silence]

Vidal : Vous avez du mal à encaisser tout ça visiblement.
David : Encaisser quoi ?
Vidal : La vérité. Tout ce que je viens de vous dire, ce ne sont que des vérités que tout le monde préfère ignorer.

CHAPITRE 11

Les dangers de la vérité

- Vous croyez à toutes ces conneries ? demanda Gardin.

À la fin de l'entretien, David avait été retrouvé les deux inspecteurs de la brigade criminelle afin de débriefer les révélations de Vidal.

- Franchement j'en sais rien, répondit David.

- C'est des conneries. Il se fout de notre gueule. Il ne voulait pas faire cette interview pour nous donner des informations mais uniquement pour déballer sa version et se donner le beau rôle. L'histoire du tueur en série qui ne tue que des connards ou des rebuts de la société, j'y crois pas. Vous ne comptez pas publier ça, quand même ?

- Cette décision ne m'appartient pas.

- Si votre journal publie ça alors qu'on a même pas une seule preuve pour étayer ses déclarations, c'est que vous ne valez pas mieux que les torchons à scandale.

- Il a dit avoir des preuves et qu'elles arriveront en temps voulu, répondit David.

- Si elles existent vraiment, intervient Levesque. De toute façon, pour le moment, nous n'avons pas d'autre choix que de continuer. Mais il va falloir obtenir des résultats et rapidement.

*

Ça faisait maintenant presque une heure qu'il marchait sans but dans les rues d'Arcours. À dire vrai, il ne savait même pas où il se trouvait exactement et il s'en moquait. David ne marchait pas pour atteindre un point d'arrivée, mais pour essayer de fuir ses pensées. Mais il était condamné à les traîner partout avec lui. Il lui était impossible de vider son esprit aujourd'hui. Les paroles de Vidal se bousculaient dans sa tête, allant même jusqu'à remettre en question sa vision de certaines choses. Et ça le terrorisait. Vidal avait raison, c'était beaucoup plus facile de se dire que des personnes comme lui sont des monstres, plutôt que de reconnaître que nous sommes tous comme eux.

La seconde question qui torturait l'esprit de David était peut-être la plus importante. Et si en fait il disait la vérité ? Quelle serait la finalité de toute cette histoire si on s'apercevait finalement que son histoire était vraie ? Preuves à l'appui. David en était certain, une bonne partie de l'opinion publique prendrait Vidal pour un héros. Le tueur en série craint par tous deviendrait rapidement un modèle de rébellion contre la société et la justice. Les gens n'avaient plus confiance en rien, mais une histoire pareille leur donnerait une cause à défendre. L'homme devient soudainement solidaire lorsqu'il s'agit de s'insurger. Si cette histoire était vraie, David savait qu'il serait obligé de la publier. Si lui ne le faisait pas, un autre s'en chargerait sans avoir le moindre scrupule. Et une fois imprimée sur les pages de son journal, la machine serait lancée. Repris et monté en puissance par les réseaux sociaux que les chaînes d'infos se feront un plaisir de relayer. Même le moins justifiable de ses crimes trouverait des voix pour être défendu. David espérait sincèrement que Vidal soit un mythomane en plus d'être un psychopathe. Car s'il disait la vérité, les choses ne seraient plus jamais comme avant.

*

Ses pas avaient fini par le faire atterrir devant son bureau. Son esprit et son corps avaient travaillé de concert pour le ramener ici, comme pour lui faire comprendre qu'il devait se remettre au travail. David avait besoin de réponse et devait parler de tout ça à quelqu'un.

- Je peux te voir un instant ? demanda-t-il en frappant à la porte du bureau de Gabriel.

- Evidemment. Entre. Assieds toi.

- Non merci je préfère rester debout.

- Oh là. Qu'est ce qu'il y a ?

- Est-ce que tu as vraiment l'intention de publier cette interview, ou est-ce tu voulais juste le lui faire croire ?

- Comment ça ?

- Je me rends compte que je ne t'avais même pas posé la question, alors que c'est peut être la plus essentielle. On va vraiment publier ça ?

- Oui. Un entretien avec l'un des plus célèbres tueurs en série du pays. Désolé si ça te paraît cynique, mais c'est un record de ventes assuré.

David resta impassible, le regard dans le vague.

- Qu'est ce qu'il t'arrive ? C'est quoi ce sursaut soudain de conscience ? s'inquiéta le rédacteur en chef.

- On n'a pas pensé aux conséquences. À aucun moment on ne s'est dit que ça pourrait nous péter à la gueule. On traque ce type depuis treize ans et quand on arrive enfin à l'arrêter, il demande à faire une interview, et on accepte les yeux fermés.

- On fait notre boulot, David.

- Je sais. Mais parfois, je me demande si on le fait bien.

*

David avait passé le reste de la journée à relire ses notes et à réécouter ses enregistrements. Il en était certain, Vidal avait quelque chose derrière la tête. Tout semblait trop simple, trop évident. Après toutes ces années et son goût si prononcé pour la mise en scène, il était impossible que l'histoire du "nettoyeur" s'arrête comme ça. La sonnerie de son portable vint interrompre sa réflexion.

- David Sarin, j'écoute, dit-il en décrochant.

- Monsieur Sarin, c'est Monsieur Richard, le directeur de la maison d'arrêt. Navré de vous déranger, mais mes ordres étant de faire en sorte de vous faciliter les choses, je me suis donc permis de vous contacter. Cette conversation se fait bien entendu avec l'accord de l'avocate de Monsieur Vidal.

Le directeur Richard n'arrivait toujours pas à cacher son

agacement face à cette situation qu'il trouvait lamentable.

- D'accord. Qu'est ce qu'il y a ?
- Monsieur Vidal a demandé à vous parler. Il souhaitait vous téléphoner afin de vous informer de quelque chose.
- M'informer de quoi ?
- Ça, il est le seul à le savoir. Je lui ai accordé cinq minutes. Je vous transfère l'appel. Au revoir, Monsieur Sarin.

David entendit un clic dans son oreille suivit par le bruit d'une respiration sourde.

- David ?
- Oui. On m'a dit que vous vouliez me parler.
- Effectivement. Ne vous inquiétez pas, ce sera très rapide. Je tenais

juste à vous apporter une petite précision.

- Je vous écoute.

- Tout se finira demain. Ce sera notre dernier entretien et vous comprendrez enfin le but de tout ça.

- Vous comptez enfin nous dire toute la vérité.

- Oh oui, David, je vous dirai tout. Je vous en fait la promesse.

CHAPITRE 12

Jour 3

Le coup de téléphone que David avait reçu la veille continuait de le travailler alors que l'avocate de Vidal entra dans la salle d'interrogatoire et s'installa en face de lui.

- Bonjour. Vous allez bien ? demanda-t-elle avec un sourire amical.

- Bien et vous ?

- Ça va.

- Je crois que c'est la dernière fois que nous nous voyons dans cette pièce.

- Mon client vous a donc bien téléphoné. Je n'étais pas certaine que le directeur Richard accepterait.

- Vous croyez réellement que tout va se terminer maintenant ? demanda David.

- Visiblement, c'est ce que souhaite mon client.

- On verra ça.

Après une dizaine de minutes, Vidal fit enfin son entrée accompagné de son escorte habituelle.

- Comment va mon duo préféré ? s'amusa Vidal pendant qu'on l'installait sur sa chaise.

- Reposez donc la question après cet entretien et je vous donnerai ma réponse, défia David.

- J'en prends note.

- Je vous rappelle que nous sommes juste derrière cette vitre, dit l'inspecteur Gardin en montrant du doigt la vitre sans tain. Au moindre problème, on sera prêt à intervenir.

- Détendez vous, inspecteur, répondit Vidal. Tout va bien se passer. De toute façon, attaché comme je le suis, que voulez-vous que je fasse ?

L'escorte de Vidal quitta la pièce à l'exception du garde posté derrière lui.

- Nous y voilà, enchaîna-t-il. La dernière ligne droite.

- Si vous tenez parole.

- Quel intérêt aurais-je à vous mentir David ?

- J'en sais rien. Je ne vous fais pas confiance, c'est tout.

- C'est votre problème. Vous m'avez toujours vu comme un ennemi. Alors que moi, j'ai appris à vous apprécier. Quand je vous entendais parler de moi dans les médias, je vous trouvais d'une prétention incroyable. Vous disiez des choses sur ma personnalité avec une telle certitude, alors que vous ne saviez même pas à quoi je ressemblais. Et soyons honnête, vous disiez beaucoup de conneries. J'ose espérer que vous me voyez différemment, maintenant. Après tout, nous sommes liés à jamais, vous et moi.

- Je peux savoir ce qui vous fait penser ça ?

- Vous finirez par le savoir. On commence ?

CHAPITRE 13

La révélation

Interview de Vidal : Enregistrement n°3

David : C'est le moment de tenir votre promesse. Je vous écoute, dites moi tout.

Vidal : Allons, David, prenez au moins la peine de poser des questions. Vous êtes journaliste, pas confesseur.

David : Depuis trois jours, je commence à penser le contraire.

Vidal : Sauf qu'un confesseur ne doit pas raconter tout ce qu'il entend. Ce qui est l'exact opposé de votre métier.

David : Exposer les vérités au monde est effectivement la base de mon métier. Mais je ne vois pas où vous voulez en venir.

Vidal : La vérité vous importe peu et vous le savez très bien. Répondez moi franchement. Comptez-vous vraiment publier notre entretien dans votre journal ?

[Silence]

Vidal : C'est bien ce que je pensais. Vous n'avez jamais eu l'intention de publier tout ça.

David : Cette décision ne dépend pas de moi. Mais pour vous répondre honnêtement, si on me laissait le choix, je mettrais tout ça à la poubelle. Vous offrir une exposition supplémentaire, c'est écoeurant, et d'ailleurs même si elle sortait, cette interview n'intéresserait personne.

Vidal : Permettez moi d'en douter. Les gens sont attirés par le malsain et le sang. Je ne vois pas ce qui vous permet d'affirmer avec un tel aplomb que personne ne serait intéressé par mon interview.

David : Il suffit de faire un tour sur les réseaux sociaux pour s'en rendre compte. Les gens sont heureux de vous savoir enfermés et souhaitent passer à autre chose.

Vidal : Sérieusement David ? Vous me sortez l'argument des réseaux sociaux comme moyen de défense ? C'est d'un pathétique.

David : C'est la voix du peuple, Vidal. Et un simple tour sur Twitter permet de s'apercevoir qu'il s'est exprimé contre vous.

Vidal : Les réseaux sociaux seraient la voix du peuple ? [Rire] Twitter est la voix du peuple. J'avoue que celle-là, je ne l'avais pas vue venir.

David : C'est un fait.

Vidal : C'est une connerie.

David : Si je comprends bien, vous avez également un problème avec les réseaux sociaux.

Vidal : Pas avec les réseaux mais avec l'utilisation que nous en faisons. Comme la plupart des choses qui peuvent être belles, nous finissons par les détruire. Sur le papier, c'est effectivement très intéressant, comme idée. Mais d'une chose qui aurait pu permettre de rapprocher les gens, nous avons transformé ça en lieu de lutte et de haine.

David : Les gens s'expriment et ce genre d'outils permet de libérer la parole.

Vidal : Je suis un fervent défenseur de la liberté d'expression, mais il faut savoir se taire lorsqu'on a rien de constructif à dire. Et malheureusement, les gens pensent que leur avis est forcément intéressant quel que soit le sujet. Sauf que bien souvent, ils parlent en ne connaissant rien du sujet qu'ils commentent. Juste parce qu'aujourd'hui, il est de bon ton d'avoir un avis sur tout.

David : Et vous avez pensé au changement bénéfique apporté grâce à ces réseaux ? Je suis Charlie, Balance ton porc, Black Lives Matter.

Vidal : Les causes et les intentions derrière tout ça sont tout à fait respectables, mais ce ne sont pas des hashtags à la mode qui vont changer le monde. Et ce ne sont que des passades. Les gens tweetent pendant un temps et ça leur permet de se donner bonne conscience. Ils ont l'impression de changer les choses et se prennent pour des révolutionnaires. Mais la vérité, c'est qu'une fois l'effet de mode passé, tout le monde s'en fout de ces causes à défendre. Prenez votre "je suis Charlie" par exemple. Vous êtes tous sortis dans la rue pour militer en faveur de la liberté d'expression, vous avez accroché des autocollants sur vos voitures et vous avez posté des photos sur les réseaux sociaux.

Mais aujourd'hui, il reste quoi de tout ça ? Plus rien. Les gens sont pour la liberté d'expression mais seulement à condition qu'elle exprime le même avis que le leur. Sauf que ça ne marche pas comme ça.

[Silence]

Vidal : Et j'aimerais savoir depuis quand Twitter est devenu le baromètre permettant d'évaluer l'avis de la population ?

David : C'est là que le monde s'exprime, il est donc normal de prendre leur parole en compte.

Vidal : Rectification, c'est là qu'une infime partie du monde s'exprime.

Et ne prendre que l'avis de cette partie des gens pour en faire des vérités absolues, c'est cracher au visage du reste du monde.

David : Comment ça ?

Vidal : Les gens parlent sur les réseaux sans prendre la peine de maîtriser le sujet qu'ils abordent, mais moi, je m'assure de savoir de quoi je parle avant d'ouvrir la bouche. Contentons nous de prendre notre pays pour illustrer mon discours. En France nous sommes aujourd'hui un peu plus de 67 millions. Et toujours chez nous, le nombre d'utilisateurs de Twitter à été évalué aux alentours de 15 millions de personnes. Si je suis votre raisonnement, il faudrait donc considérer que les 52 millions de personnes n'étant pas inscrites sur ce réseau n'ont pas une parole qui mérite d'être prise en compte. C'est bien ça ?

[Silence]

Vidal : Je crois que tout est dit. Arrêtez donc de croire que l'avis de quelques abrutis qui s'insurgent contre tout et n'importe quoi à de la valeur et est représentatif de quoi que ce soit.

David : Je crois que l'on s'écarte un peu du but de cet entretien.

Vidal : Je ne suis pas d'accord.

David : Ca suffit Vidal, j'en ai marre. On n'avance à rien. Depuis le *début, vous prenez plaisir à nous balader, mais je ne joue plus.*

Vidal : C'est faux. Je vous ai raconté mon but et les raisons de mes actions.

David : Rien de ce que vous nous avez raconté n'est vérifiable. Vous nous demandez de vous croire sur parole alors que vous n'en avez aucune. La preuve, vous essayez encore de gagner du temps alors que vous disiez vouloir en finir. J'en ai assez Vidal, on arr...

Vidal : Toutes les preuves sont avec le corps que vous n'avez pas encore découvert.

CHAPITRE 14

Les réponses

Les mots de Vidal flottaient encore dans la pièce comme une détonation qui aurait assourdi tout le monde.

- Je demande une pause, lança Amy. Je veux m'entretenir avec mon client.

À peine avait-elle fini sa phrase que la porte derrière elle s'ouvrit violemment, laissant entrer l'inspecteur Levesque qui se jeta sur Vidal. Il lui colla la tête contre la table et se rapprocha de son oreille droite.

- Va te faire foutre, Vidal. J'en ai rien à cirer de tes droits. Tu vas tout me dire, ou je jure que je te bute ici et maintenant.

Pour seule réponse, Vidal se contenta d'arborer un immense sourire, ce qui eut pour résultat de redoubler la colère de l'inspecteur

- Inspecteur Levesque ! Veuillez lâcher mon client tout de suite !

L'inspecteur Gardin arriva dans la pièce, saisit son collègue et le plaqua sans ménagement contre le mur.

- Arrête tes conneries, bordel. Tu veux vraiment tout foutre en l'air maintenant ?

Levesque reprit son calme.

- C'est bon. Je suis calme, tu as raison, j'ai pété les plombs. Désolé.

Gardin se tourna vers l'avocate de Vidal, l'air menaçant.

- On vous laisse avec lui, mais vous avez intérêt à nous obtenir des réponses.

- Je ferai mon métier et je reviens vers vous, Monsieur Gardin.

David était resté impassible devant toute cette agitation. La révélation de Vidal l'avait secoué. Il avait bien quelque chose derrière la tête depuis le début. Tout ça n'était pas anodin et le piège commençait à se refermer autour d'eux.

*

David faisait les cent pas depuis vingt bonnes minutes à l'accueil lorsque l'inspecteur Gardin arriva à côté de lui.

- Son avocate a fini. Vous êtes prêt ?
- Non.
- Ça va aller. C'est presque terminé.

David et l'inspecteur arrivèrent dans le bureau du directeur Richard. Ce dernier et Levesque étaient déjà présents, attendant avec impatience le début du compte rendu.

- Tout le monde est là ? demanda Amy.

- Oui. Le juge d'instruction est en rendez-vous mais il m'a expressément demandé de l'appeler une fois que vous aurez fini de tout nous exposer.

- Et bien ça devrait lui plaire, rétorqua Amy.

- Allez-y, on vous écoute, s'agaça Levesque.

- Il y a bien une quarante-deuxième victime. Homme ou femme, je n'en sais rien, il n'a pas voulu me répondre. J'ai l'adresse où il dit avoir caché le corps.

Amy tendit aux inspecteurs un papier sur lequel elle avait noté l'adresse et reprit.

- Il dit l'avoir tué deux jours avant de s'être fait arrêter.

- L'enfoiré ! s'énerva Levesque.

- Vous trouverez également une clé usb ainsi que des dossiers prouvant la véracité de tout ce que vous a raconté mon client. Il dit que toutes les réponses se trouvent là bas.

- On part tout de suite, lança Levesque à Gardin. On appellera des renforts en route et on demandera aussi aux TIC* de venir.

*technicien d'identification criminelle (note de l'auteur)

Les deux inspecteurs quittèrent la pièce au pas de course.

- Il souhaite vous parler, dit Amy en se tournant vers David.

- Non merci. J'arrête là.

David sortit à son tour du bureau avec l'avocate sur ses talons.

- Attendez.

Elle saisit David par le bras pour le stopper dans son élan.

- Je crois vraiment que vous devriez y aller.

- Pourquoi ? Vous savez quelque chose ?

- Non. C'est juste une intuition.

- Je crois avoir déjà rempli ma part du contrat. Je rentre maintenant.

- Vous n'avez pas fait tout ce chemin pour faire demi-tour à quelques pas de l'arrivée.

La remarque d'Amy fit mouche.

- Je lui donne cinq minutes. Pas une de plus. Il a intérêt à aller droit au but.

*

David resta un moment devant la salle d'interrogatoire. Il fixait la poignée et hésita à ouvrir cette foutue porte. Il allait entrer pour la dernière fois dans cette pièce qui depuis trois jours était le lieu de nombreux chamboulements.

- Ça va aller. Je suis avec vous.

- Merci, répondit David en tournant la poignée.

David entra, suivi de près par Amy. Vidal était assis sous la surveillance du garde qui ne le lâchait pas des yeux.

- Je suis là, lança David sur un ton de défi en prenant place devant son interlocuteur. Je vous laisse cinq minutes. Pas une de plus. Et ça commence maintenant.

- C'est bien plus que nécessaire, répondit Vidal avec le même calme qui ne l'avait pas quitté durant ces trois derniers jours.

- Alors allez-y.

- Je peux vous poser une question ?

- Oui, s'agaça David.

- Comment va Sophie ?

Il avait fallu trois, peut-être quatre secondes à David pour ressentir le poids de la question que venait de lui poser Vidal. Il s'était d'abord demandé qui était cette Sophie avant de comprendre que toute cette histoire était en fait personnelle. Vidal réglait ses comptes.

- Qu'est - ce que tu lui as fait, espèce d'enfoiré ? hurla David en se jetant sur Vidal.

Le garde eut tout juste le temps d'attraper David au vol et de le plaquer sur sa chaise.

- J'appelle tout de suite l'inspecteur Levesque, lança Amy en sortant de la pièce.

- Je jure que je vais te tuer. Regarde moi, bien Vidal. Si c'est ma femme qu'ils s'apprêtent à trouver là bas, je te jure que je te tuerai de mes propres mains.

- Calmez-vous, cria le garde qui maintenait toujours David. Je n'ai pas envie de vous faire mal.

- Vidal, dis moi que ce n'est pas elle, hurla David en se débattant. Bordel, répond moi !

Vidal restait immobile, un sourire de satisfaction illuminant son visage. Le garde renforça sa prise et bloqua David contre la table en tentant de l'apaiser.

- Arrêtez ça. Ça ne vous apportera rien. Laissez nous faire.

Après quelques secondes de lutte vaine, David rendit les armes.

- Vous pouvez me lâcher, ça va aller. J'arrête.

Le garde lâcha sa prise délicatement.

- Très bien. Je vais vous demander de me suivre.

- Non, je reste ici, insista David.

- Monsieur, je vous le demande gentiment, ne m'obligez pas à employer la force.

David ne chercha pas à discuter davantage et se résolut à sortir de la pièce sans avoir obtenu de réponse. Il en sortait même avec plus de questions qu'en y entrant.

*

- Je n'ai pas encore de nouvelles de Levesque.

Amy était venue s'asseoir à côté de David, qui s'était installé sur le trottoir en face de la maison d'arrêt. Elle avait voulu essayer de le réconforter, avant de s'apercevoir qu'elle ne savait absolument pas comment s'y prendre.

- Ce n'est pas elle, c'est impossible, tenta de se rassurer David. Il joue avec moi. Il faut que j'évite de tomber dans son piège.

- David, je suis désolée d'être aussi brutale, mais il faut vous préparer à l'éventualité que ce soit son corps qu'ils découvriront.

- Je ne peux pas. Je refuse.

- Je sais. La vérité est difficile à affronter. Croyez-moi sur parole, on devient fou à essayer de nier l'évidence.

- Il faut que je sache.

- Écoutez, normalement je ne devrais pas faire ça mais je peux vous remplacer.

- Comment ça ?

- Donnez-moi votre dictaphone. Je dois aller lui parler, de toute façon, j'enregistrerais notre discussion. Vous avez le droit d'entendre ce qu'il s'est vraiment passé. Et vous devez l'entendre de sa bouche, sinon ça vous consumera à petits feux. Si jamais tout ce qu'il a raconter est vrai, s'il dispose vraiment des preuves dont il parle, alors certains médias et une partie l'opinion publique se feront un plaisir de le dresser en héros des temps modernes. Et vous avez le droit de savoir quel est son vrai visage. Mais pas maintenant. Pas dans votre état. Je rentre dans la pièce, j'enregistre, et en sortant, je vous donne la cassette. Vous seul aurez une trace de tout ça.

- Pourquoi feriez-vous ça ? Vous êtes son avocate.

- Et je défendrais ses droits jusqu'au bout. Officiellement, ce qui sera dit sur cette cassette n'aura jamais existé et je prétendrai toujours ignorer son existence.

- Je vois. Merci beaucoup.

- Je vous en prie.

- J'espère que tout ira bien pour votre ami.

- Pardon ?

- Votre ami, avec son cancer. J'espère qu'il s'en sortira. Il a de la chance d'avoir une amie comme vous, il devrait avoir le droit d'en profiter un peu plus.

- Merci David. Je l'espère aussi. De tout mon cœur.

CHAPITRE 15

Le dernier entretien

Interview de Vidal : Enregistrement confidentiel

Vidal : Comment va David ? Il s'est calmé ?

Amy : Arrêtez vos conneries, maintenant. On est entre nous alors racontez moi tout.

Vidal : Nous avons une discussion d'un client à son avocat ? Secret professionnel, tout ça ?

Amy : Exactement. Comme toutes les discussions que nous avons ensemble.

Vidal : Très bien. Le corps qu'ils vont découvrir est bien celui de Sophie Sarin.

Amy : La femme de David Sarin.

Vidal : Tout à fait.

Amy : Pourquoi l'avoir tuée ?

Vidal : J'aimerais vous donner une raison qui pourrait vous satisfaire, mais c'est une simple histoire de vengeance. David a passé ces dernières années à se faire de l'argent sur mon dos, avec la vente de ses livres. Il a acquis une *notoriété qui m'est entièrement due. Il ne serait rien, sans moi. Et tout ça en racontant des mensonges. Il disait que je suis un psychopathe, un cinglé qui agit dans le seul but d'assouvir des pulsions meurtrières. Il passait totalement à côté de mon action et tout le monde le croyait. Je savais qu'un jour ou l'autre, j'aurais ma vengeance.*

Amy : Comment avez-vous fait ? Comment êtes vous remonté jusqu'à sa femme ?

Vidal : Rien de plus facile. Il m'a juste fallu beaucoup de patience. David était facile à localiser. Avec toutes ces interventions dans les médias, il m'a suffi de l'attendre à

213

la sortie d'une station de radio et de le suivre jusqu'à chez lui. À partir de là, je n'avais plus qu'à revenir régulièrement pour observer ses allées et venues.

Amy : C'est là que vous avez vu Sophie ?

Vidal : Au début, je ne savais pas si c'était une fille occasionnelle, une petite amie ou bien plus. Je n'ai appris la nature de sa relation avec David qu'à partir du moment où j'ai commencé à discuter avec elle.

Amy : Vous avez parlé avec la femme de David ?

Vidal : J'étais bien obligé, si je voulais savoir qui elle était. Et entre nous, ce fut extrêmement facile de l'aborder. J'avais remarqué qu'elle sortait régulièrement le soir toute seule. Sans but précis. Elle faisait le tour du pâté de maisons et rentrait chez elle. Parfois elle restait assise sur un banc en bas de son immeuble. Bref, j'ai eu énormément d'occasions de l'aborder.

Amy : Et quelle était la nature de vos échanges?

Vidal : Tout ce qu'il y a de plus normal. Au début, je me suis contenté de lui demander une cigarette et j'ai engagé la conversation d'une manière banale. Ça a été relativement facile, elle avait besoin de parler, ça se voyait au premier coup d'œil. Je lui ai raconté que j'habitais aussi dans le quartier et qu'il m'arrivait de sortir le soir pour m'aérer la tête. Au bout de plusieurs rencontres, elle a fini par me confier que son couple battait de l'aile. Son mari était absorbé par son boulot et ne vivait plus que pour ça. Elle sortait prendre l'air après chacune de leurs disputes à ce sujet. Si on y réfléchit bien, j'avais déjà commencé à détruire David malgré moi.

Amy : Combien de temps ont duré vos rencontres avec Sophie Sarin ?

Vidal : Plusieurs mois. Il a fallu que j'instaure petit à petit un climat de confiance pour qu'elle se confie à moi.

Amy : Et lorsque ça a été le cas ?

Vidal : J'ai mis en place ma vengeance. Un soir, elle est sortie de chez elle encore plus en colère que d'habitude. J'ai senti que c'était le moment de frapper. J'ai été la voir et je lui ai proposé de prendre un café, ce qu'elle a accepté. Le piège s'était refermé sur elle. Je l'ai emmené dans une de mes planques, à l'abri de tout. Il ne me restait plus qu'à la faire parler. Et croyez moi, c'est extrêmement facile de faire parler quelqu'un sous la menace d'une arme. J'ai récupéré son téléphone pour envoyer un message à David afin de lui faire croire que Sophie souhaitait prendre ses distances pendant un moment. Et à partir de là, le jeu des cartes postales a commencé. Sophie m'a raconté leur petit rituel dans la ville de Honfleur. C'était le point de départ parfait pour lancer les hostilités. Il me suffisait de récupérer des cartes postales d'un peu partout dans le pays et David croirait que sa femme prenait du bon temps pour mieux revenir.

Amy : Il m'a parlé de ces cartes postales. Mais pourquoi les avoir envoyées vides? Pourquoi ne pas avoir marqué quelque chose au dos de ces cartes ? David aurait pu ne pas comprendre qu'elle venait soit disant de Sophie.

Vidal : Allons, Maître, un peu de jugeote. Je ne pouvais pas les écrire moi-même, David aurait vu qu'il ne s'agissait pas de l'écriture de sa femme. Et les faire écrire par Sophie elle-même, c'était prendre le risque qu'elle glisse un message à mon insu. Un mot qui aurait alerté David, un signe, n'importe quoi. Je ne pouvais pas risquer de tout compromettre. Une grande partie du plan reposait sur David lui-même, et il a été à la hauteur de mes attentes. Pour le reste, il m'a fallu dégoter un chargeur pour le portable de Sophie et envoyer un petit sms de temps en temps à ses parents, afin de les rassurer et qu'ils ne viennent pas tout foutre en l'air.

Amy : Et combien de temps l'avez-vous gardé captive ?

Vidal : Quatre mois.

Amy : Et si je suis bien, vous l'avez finalement tuée il y a cinq jours.
Vidal : Exact.

[Silence]

Amy : Il y a quelque chose qui cloche.
Vidal : Quoi donc ?
Amy : Le timing. Vous tuez Sophie Sarin pour vous venger de son mari, très peu de temps après, vous vous faites arrêter et vous demandez à être interrogé par David afin que toute cette histoire lui explose au visage. Avouez que c'est drôlement bien organisé pour n'être dû qu'au hasard.

Vidal : Bravo, Maître. Tout le monde était tellement excité à l'idée de m'avoir enfin arrêté que personne n'a remis en question les circonstances de cette arrestation.

Amy : Qu'est ce que vous entendez par là ?

Vidal : J'ai réussi à leur échapper pendant treize ans. Pas une seule empreinte, pas de trace directe. Et vous pensez sérieusement que je deviendrai soudainement assez con pour laisser s'échapper une fille que j'aurais enfermée.

Amy : Tout ça faisait partie du plan.

Vidal : Encore bravo.

Amy : Mais cette fille ? Si ce n'était pas votre victime, elle éta...

Vidal : C'était ma complice.

Amy : Bordel, vous avez une complice.

Vidal : Pas au début. Seulement les six dernières années. J'ai rencontré cette fille lors d'un arrêt à Lille. J'ai tout de suite senti qu'elle était différente des autres. Qu'elle était spéciale. Comme une connexion. Elle a tout de suite compris mon point de vue, mon message et elle n'a pas hésité à me rejoindre. Je dois avouer qu'être deux à grandement facilité les choses.

Amy : Vous voulez dire que la fille qu'ils ont interrogée afin de vous interpeller était votre complice ?

Vidal : Et ils ne la retrouveront pas. Elle a évidemment donné un faux nom, et à l'heure actuelle, elle doit être très loin.

Amy : Je ne comprends pas. Pourquoi vous faire arrêter volontairement ?

Vidal : Pour David. Il était temps que j'agisse. Le moment était venu.

Amy : Et vous étiez prêt à renoncer à votre liberté juste pour ça ? Tout s'arrête, pour vous, à cause d'une histoire de vengeance ?

Vidal : Vous n'avez décidément rien compris. Rien n'est fini pour moi. Je vous l'ai dit. Le message est plus important que le messager. Moi, je suis peut-être enfermé ici, mais mon œuvre est encore libre et n'a pas fini de grandir.

[Silence]

Vidal : Comment va David ?

CHAPITRE 16

La force d'une idée

- Nous sommes bien d'accord ? Cette histoire d'interview n'a jamais existé.

Les inspecteurs Levesque et Gardin étaient assis dans le bureau du rédacteur en chef du Relais.

- Ne vous inquiétez pas, nous avons décidé de ne rien publier, acquiesça Gabriel. On ne veut pas risquer d'encourager les idées de Vidal. Mais vous, assurez vous d'étouffer tout ça le mieux possible. Si d'autres journaux tombent là-dessus, ils auront beaucoup moins de scrupules que nous à rendre cette affaire publique.

- On s'en est déjà chargé. Les preuves dont Vidal nous avait parlé ont été mises en lieu sûr. Toute cette histoire a pris des proportions inimaginables, reprit Gardin. On s'attendait à tout sauf à ça.

- De vous à moi, vous avez des pistes pour retrouver la complice de Vidal ? demanda Gabriel

- Non, c'est le néant complet, avoua Levesque. C'est comme si l'arrestation du "nettoyeur" n'avait servi à rien.

- Comment va votre journaliste ?

- Je n'ai aucune nouvelle depuis qu'il est venu déposer ses dossiers, ses notes et les cassettes de ses entretiens avec Vidal. Et ça m'inquiète.

- Ce type doit être complètement détruit. Comment se remet-on d'une pareille épreuve ?

- Je ne pense pas qu'on puisse s'en remettre, répondit Gabriel. On apprend juste à vivre avec.

*

Il écoutait la cassette en boucle depuis son arrivée à l'hôtel, il y a cinq jours. Il se replongeait volontairement dans cette torture comme pour s'infliger une punition. David se sentait responsable de la mort de sa femme. S'il n'avait pas été absent, s'il l'avait écouté, elle ne serait pas sortie ce soir-là, et elle serait toujours vivante. Plus jamais il ne verra son sourire, plus jamais il n'entendra son rire. Il ne pourra jamais plus goûter ses lèvres et sentir le parfum de sa peau. La récit de Vidal lui détruisait le cœur, mais ce besoin de l'écouter encore et encore était plus fort que tout. Il voulait s'imprégner de tout, pour revivre autant qu'il le pouvait la torture que sa femme avait subit.

Être à égalité dans la souffrance, par respect pour elle, et probablement pour essayer de se pardonner. David pratiquait ce traitement de choc sans parvenir au résultat qu'il cherchait à atteindre. Alors il essayait de sombrer encore plus, de s'enfoncer dans la douleur, d'être au fond du trou, mais jamais il n'arriverait à être dans le même état que Sophie. Parce que lui était vivant. Il respirait encore. Il pouvait profiter des odeurs du monde, de la beauté de la musique, ou encore du paysage que lui offrait actuellement la ville de Honfleur. Il était vivant. Et c'est à ce moment-là que David comprit que sa douleur serait son quotidien.

Il traînerait cette peine toute sa vie. Elle serait accrochée à lui à jamais. Il la tenait, sa punition. Il venait de trouver le châtiment qu'il cherchait. Ce ne serait pas la douleur violente et brutale qui vous brise sur le coup. Ce serait bien pire. Une peine quotidienne qui le rongerait à petit feu. Un souvenir qui surgirait violemment, pour lui rappeler sa perte. Il ne pourrait plus entendre certaines chansons sans penser à elle. Il ne pourrait plus retourner dans leurs restaurants habituels, aller au cinéma pour voir les films de ses acteurs préférés, ou s'endormir en sentant sa présence à ses côtés. Il n'arriverait plus à faire son travail sans penser à toute cette histoire.

Sa vie ne serait plus jamais la même. Mais il fallait qu'il lui donne un sens. Il lui fallait une raison d'être encore vivant. Et il ne chercha pas longtemps avant de trouver la raison pour laquelle il n'avait pas eu la force de rejoindre de lui-même sa femme. Il avait bien essayé de tout arrêter, et l'idée d'avaler une surdose de médicaments ou de s'ouvrir les veines lui avait évidemment traversé l'esprit. Mais il avait toujours fini par reculer au dernier moment. Il pensait que c'était par faiblesse. Qu'il était trop égoïste, ou pas suffisamment courageux pour rejoindre celle qu'il aimait. Mais il venait enfin de comprendre pourquoi il était toujours vivant, malgré son désir réel de se laisser crever.

Il refusait de laisser Vidal gagner. On l'avait arrêté et il resterait sûrement enfermé pendant longtemps, mais son idée était toujours en liberté. "Le message est plus important que le messager". Cette phrase de Vidal résonnait dans la tête de David. Et il avait réussi son œuvre. Cette idée avait survécu à son arrestation, et le problème des idées, c'est qu'elles sont fortement contagieuses. Il fallait l'arrêter et stopper sa prolifération.

David avait trouvé son but, sa croisade. Il remuerait tous ses réseaux, agiterait tous ses contacts et ferait tout ce qui lui serait possible pour retrouver la complice de Vidal. Il serait plus fort que cette idée. Mais avant ça, il allait replonger une dernière fois dans le récit de Vidal. Une dernière fois, il allait s'infliger cette douleur, et ensuite la traque pourrait reprendre.

Musiques

Parce que la musique sera toujours une grande source d'inspiration et de mise en condition, je tenais à partager avec vous les sons qui m'ont accompagné durant les mois d'écriture de ce livre.

Albums

David Bowie - "Station to station"
Damien Rice - "O"
Kent - "Vapen & ammunition"
Massive Attack - "Blue lines"
Hayley Williams - "Petals for armor"
Requin Chagrin - "Bye bye baby"
Paul McCartney - "Flaming pie"
Nils Wulker - "Go"
Editors - "Violence"
James Newton Howard - "Unbreakable OST"
Daft Punk - "Tron OST"

Web Radio

RTL 2 Acoustique
Oui FM Rock 60's
Oui FM Rock 70's
Oui FM Rock 80's
Oui FM Rock 90's
Oui FM Rock Indé
FIP Rock
FIP Jazz

REMERCIEMENTS

L'écriture d'un deuxième livre est étonnement plus difficile que celle d'un premier ouvrage. Lors du processus de création de "les divisions de la joie", je ne savais pas à quoi m'attendre. Mon seul but était de donner vie à cette histoire et à ces personnages que j'ai tant aimé faire exister. Vient ensuite le moment de la réception de cette histoire. Cet instant où d'autres personnes ont entre leurs mains ce livre pour lequel vous avez donné une partie de vous-même. Et à ce moment-là on prend conscience que son histoire va prendre vie dans l'imaginaire de ces lecteurs...et c'est flippant. Alors merci à tous ceux qui ont eu la curiosité de se plonger dans "les divisions de la joie" et merci pour vos retours car ce deuxième livre n'existerait pas sans vous. Une fois que l'on se rend compte que son premier livre a été plus apprécié qu'on ne l'aurait cru, il plane sur l'écriture du deuxième la pression de faire aussi bien, voire mieux que le précédent. Alors j'espère qu'au terme de votre lecture vous avez aimé vous perdre dans cette histoire. Elle fut plus difficile à faire naître mais tout aussi libératrice.

Merci à tous mes amis proches pour leur enthousiasme et leur retour qui m'ont fait chaud au coeur. Merci à tout le GGC.

Un immense merci particulier à ma famille.

Merci à ma compagne pour ses idées, son soutien et pour me supporter lors de ces phases d'écriture (et pour me supporter ma manière générale)

Merci à tous ceux qui ont lu ce livre et à ceux qui auront la curiosité de découvrir le précédent et l'envie de se plonger dans le prochain.

Merci à vous qui lisez ces lignes.